TUDO E TODAS AS COISAS

CB079129

TUDO E TODAS AS COISAS

NICOLA YOON

Ilustrações de David Yoon

Tradução
Amanda Orlando

Novo Conceito

Título original: *Everything, Everything*
© 2014 by Alloy Entertainment and Nicola Yoon
Publicado sob acordo com Rights People, Londres
© 2016 Editora Novo Conceito
Todos os direitos reservados.

Nenhuma parte desta publicação poderá ser reproduzida ou transmitida de qualquer modo ou por qualquer meio, eletrônico ou mecânico, incluindo fotocópia, ou qualquer outro tipo de sistema de armazenamento e transmissão de informação sem autorização por escrito da Editora.

Esta é uma obra de ficção. Nomes, personagens, lugares e acontecimentos descritos são produto da imaginação do autor. Qualquer semelhança com nomes, datas e acontecimentos reais é mera coincidência.

1ª Impressão — 2016
Impressão e Acabamento RR Donnelley 260216

Produção editorial:
Equipe Novo Conceito

Dados Internacionais de Catalogação na Publicação (CIP)
(Câmara Brasileira do Livro, SP, Brasil)

Yoon, Nicola
Tudo e todas as coisas / Nicola Yoon ; tradução Amanda Orlando. -- Ribeirão Preto, SP : Novo Conceito Editora, 2016.

Título original: Everything, everything.
ISBN 978-85-8163-788-4

1. Ficção norte-americana I. Título.

15-08847 CDD-813

Índices para catálogo sistemático:
1. Ficção : Literatura norte-americana 813

Novo Conceito
Rua Dr. Hugo Fortes, 1885
Parque Industrial Lagoinha
14095-260 – Ribeirão Preto – SP
www.grupoeditorialnovoconceito.com.br

Para o meu marido, David Yoon, que me mostrou meu coração.

E para a minha filha inteligente e bela, Penny, que o tornou maior.

“Eis o meu segredo. É bastante simples:
Só se vê bem com o coração.
O essencial é invisível aos olhos.”
— Antoine de Saint-Exupéry, *O Pequeno Príncipe*

O QUARTO BRANCO

LI MUITO MAIS LIVROS QUE VOCÊ. Não importa quantos você já tenha lido. Eu li mais. Tive tempo para isso.

No meu quarto branco, encostadas nas minhas paredes brancas, nas minhas prateleiras brancas reluzentes, as lombadas dos livros são a única cor. Os livros são todos de capa dura e novos em folha. Nada de capas moles de segunda mão cheias de germes para mim. Eles vêm de Lá de Fora, são descontaminados e selados a vácuo. Eu queria ver a máquina que faz isso. Imagino cada um dos livros viajando sobre uma esteira em direção a estações brancas onde braços brancos e robóticos espanam o pó, limpam, jogam um spray e os esterilizam de todas as formas até que possam ser considerados limpos o suficiente para chegar até mim. Quando um novo livro chega, minha primeira tarefa é remover o plástico, um processo que envolve uma tesoura e uma ou duas unhas quebradas. A segunda tarefa é escrever meu nome dentro da primeira capa.

PROPRIEDADE DE: *Madeline Whittier*

Não sei por que faço isso. Não tem mais ninguém aqui além da minha mãe, que nunca lê nada, e a minha enfermeira, Carla, que não tem tempo para ler porque passa o tempo todo me observando enquanto respiro. Raramente recebo visitas, de modo que não há ninguém que possa pegar os meus livros emprestados. Ninguém que precise ser lembrado de que aquele livro esquecido em sua prateleira me pertence.

RECOMPENSA SE ENCONTRADO (Confira se as regras se aplicam):

Esta é a seção que me toma mais tempo e eu vario de acordo com cada livro. Às vezes, as recompensas são requintadas:

- Piquenique comigo (Madeline) em um campo cheio de pólen vindo de papoulas, lírios e um sem-fim de cravos sob um céu azul.
- Chá comigo (Madeline) em um farol no meio do Oceano Atlântico no olho de um furacão.
- Mergulho com snorkel comigo (Madeline) na ilha de Molokini, para observar o peixe oficial do Havaí — o Humuhumunukunukuapua'a.

Outras vezes, as recompensas não são tão requintadas:

- Uma visita comigo (Madeline) a um sebo.
- Uma volta pelo quarteirão comigo (Madeline).
- Um bate-papo rápido comigo (Madeline) para discutir qualquer coisa que você queira, no meu sofá branco, no meu quarto branco.

Outras vezes, a recompensa é apenas:

- Eu (Madeline).

LIMBO DA IDCG

MINHA DOENÇA É TÃO RARA quanto famosa. É um tipo de Imunodeficiência Combinada Grave, mas você a conhece como "doença da criança na bolha".

Basicamente, sou alérgica ao mundo. Qualquer coisa pode deflagrar um ataque de doenças. Pode ser algum produto químico no líquido usado para limpar uma mesa que eu acabei de tocar. Pode ser o perfume de alguém. Pode ser o tempero exótico de algo que eu comi. Pode ser uma dessas coisas, ou todas elas, ou nenhuma, ou alguma outra completamente diferente. Ninguém sabe o que dá início ao processo, mas todos conhecem as consequências. De acordo com a minha mãe, eu quase morri quando era criança. E assim eu fiquei no limbo da IDCG. Eu não saio de casa, nunca saí de casa em dezessete anos.

REGISTRO
DIÁRIO
DE SAÚDE

Madeline Whittier

NOME DO PACIENTE

2 de Maio

DATA

Dra. Pauline Whittier

MÉDICO RESPONSÁVEL

0002921

RESPIRAÇÕES POR MINUTO

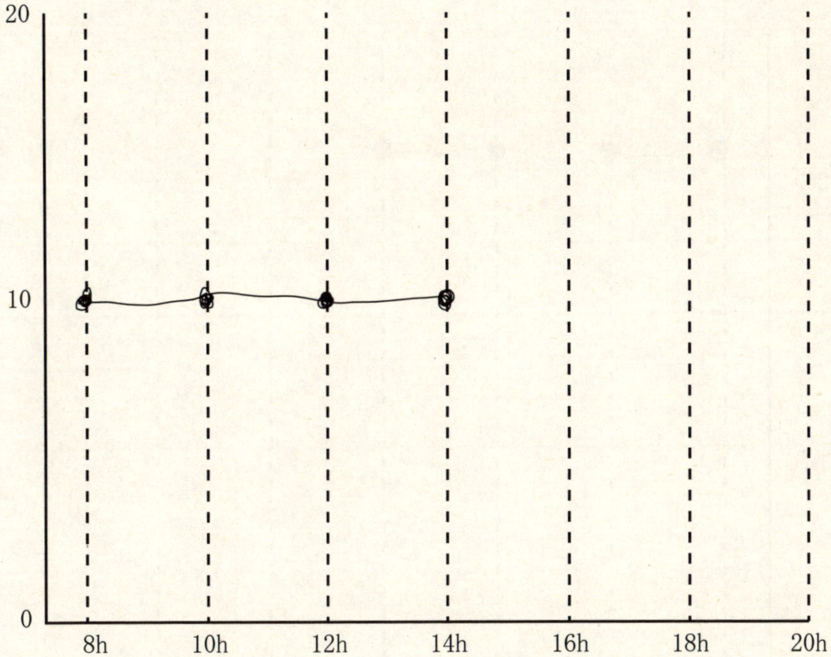

____

0002921

TEMPERATURA DO QUARTO

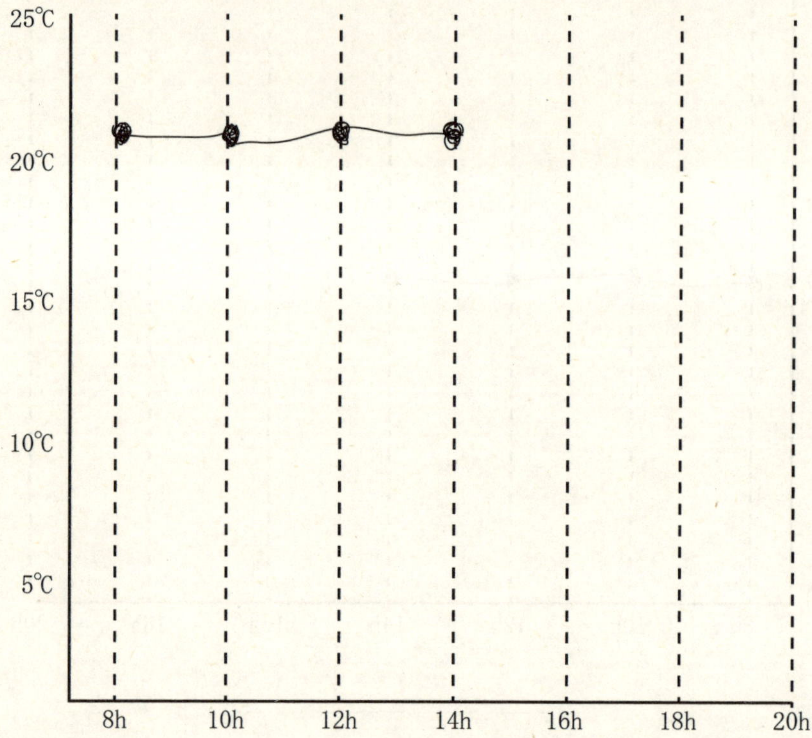

0002921

STATUS DO FILTRO DE AR

8h	OK
9h	OK
10h	OK
11h	OK
12h	OK
13h	OK
14h	OK
15h	
16h	
17h	
18h	
19h	
20h	

0002921

DESEJO D NIVER

— NOITE DE CINEMA, *Imagem & Ação em Nome do Outro* ou clube do livro? — minha mãe pergunta enquanto infla o manguito do medidor de pressão ao redor de um dos meus braços. Ela não mencionou nossa atividade favorita pós-jantar: palavras-cruzadas fonéticas. Olho para cima para ver que os olhos dela já sorriem na minha direção.

— Fonética — digo.

Ela para de inflar o manguito. Em geral, Carla, minha enfermeira em tempo integral, auferiria a minha pressão e preencheria o meu registro de saúde diário, mas minha mãe lhe deu o dia de folga. É meu aniversário e sempre passamos o dia juntas, só nós duas.

Ela coloca o estetoscópio nos ouvidos para que possa ouvir meus batimentos cardíacos. O sorriso murcha e é substituído por uma expressão mais séria de médica. Essa é a cara que os pacientes dela costumam ver — levemente distante, profissional e preocupada. Fico me perguntando se eles consideram isso reconfortante.

Em um impulso, dou-lhe um beijo rápido na testa para lembrá-la de que sou apenas eu, sua paciente preferida, sua filha.

Ela abre os olhos, sorri e acaricia uma das minhas bochechas. Tenho a impressão de que, se você vai nascer com uma doença que requer cuidados constantes, então é bom que a sua mãe seja também a sua médica.

Após alguns segundos, ela me lança seu melhor olhar do tipo eu-sou-a-médica-e-temo-ter-más-notícias-para-você.

— Este é o seu grande dia. Por que não jogamos alguma coisa na qual você tenha uma chance real de ganhar? *Imagem & Ação em Nome do Outro*?

Já que o *Imagem & Ação* normal não pode ser jogado só por duas pessoas, inventamos o *Imagem & Ação em Nome do Outro*. Uma pessoa desenha e a outra, *em seu nome,* dá o seu melhor palpite. Se a resposta estiver certa, a outra pessoa marca o ponto.

Estreito os olhos na direção dela.

— Estávamos jogando Fonética e eu estava ganhando — digo toda confiante, apesar de eu não ter a menor chance de vencer. Em todos os anos que passamos jogando Palavras Cruzadas Fonéticas, nunca venci a minha mãe. Na última partida, cheguei perto, mas ela me detonou bem na palavra final, que valia três vezes mais pontos.

— Tudo bem. — Ela balança a cabeça fingindo tristeza. — O que você quiser. — Ela fecha os olhos sorridentes para ouvir o estetoscópio.

Passamos o resto da manhã preparando meu tradicional bolo de aniversário de baunilha com glacê do mesmo sabor. Depois que o bolo esfria, passo sobre ele uma fina e insensata camada de cobertura, apenas o suficiente para cobrir toda a superfície. Nós duas somos pessoas que amam o bolo em si, não a cobertura. Como decoração, desenho com o glacê dezoito margaridas com pétalas e miolos brancos. Nos lados, faço uma espécie de cortina drapeada.

— Perfeito. — Minha mãe espia sobre os meus ombros enquanto termino. — Exatamente como você.

Eu me viro para ela. Ela sorri para mim de orelha a orelha, orgulhosa, porém seus olhos brilham por causa das lágrimas.

— Você. É. Trágica — digo, sujando o nariz dela com um pouco de glacê, o que faz com que ela ria e chore um pouco mais. Sério, ela não costuma ser assim tão emotiva, mas alguma coisa com o meu aniversário sempre faz com que fiquemos chorosas e alegres ao mesmo tempo. E se ela fica chorosa e alegre, eu fico chorosa e alegre também.

— Eu sei — diz ela, jogando as mãos para o ar, impotente. — Sou totalmente patética. — Ela me puxa para um abraço e me aperta, sujando meu cabelo de glacê.

O meu aniversário é o dia do ano em que mais nos damos conta da minha doença. É a noção da passagem do tempo que faz com que nos sintamos assim. Outro ano inteirinho de doença, sem nenhuma esperança de cura no horizonte. Outro ano sentindo falta de todas as coisas que são normais na vida de qualquer adolescente: a carteira de motorista provisória, o primeiro beijo, o baile de formatura, o primeiro coração partido, os percalços de aprender a dirigir. Outro ano em que a minha mãe não faz nada além de trabalhar e cuidar de mim. Em qualquer outro dia, essas ausências são fáceis, pelo menos um pouco mais fáceis, de serem ignoradas.

Este ano está um pouco mais difícil que o anterior. Talvez seja porque eu tenha dezoito anos agora. Tecnicamente, sou uma pessoa adulta. Eu deveria estar saindo de casa, indo para a universidade. Minha mãe deveria estar penando com a síndrome do ninho vazio. Só que, por causa da IDCG, eu não vou a lugar nenhum.

Mais tarde, depois do jantar, ela me dá um belo estojo de lápis aqueláveis que estava há meses na minha lista de pedidos. Vamos até a sala e sentamos com as pernas cruzadas diante da mesa de centro. Isso também faz parte do nosso ritual de aniversário: ela acende uma única vela no meio do bolo. Fecho os olhos e faço um pedido. Sopro a chama.

— O que você pediu? — ela pergunta tão logo abro os olhos.

Na verdade, há apenas uma única coisa que eu desejo: uma cura mágica que me permita sair correndo, livre, por aí, como um animal selvagem, mas nunca fiz esse pedido porque sei que é impossível. Seria como desejar que as sereias, os dragões e os unicórnios fossem reais. Em vez disso, peço algo mais provável que uma cura. Algo que provavelmente não vai nos deixar tão tristes.

— A paz mundial — respondo.

Três pedaços de bolo depois, começamos o nosso jogo da Fonética. Eu não venço. Não chego nem perto.

Ela usa todas as sete letras e baixa POKALIP ao lado de um S. *POKALIPS.*

— O que é isso? — pergunto.

— Apocalipse. — Os olhos dela dançam.

— Não, mãe, sem chance. Não posso deixar você levar essa.

— Pode, sim. — Isso é tudo que ela diz.

— Mãe, você precisa de mais um *A*. Sem chance.

— Pocalips — ela fala para criar um efeito, gesticulando as letras. É claro que serve.

Balanço a cabeça.

— P O K A L I P S — ela insiste devagar, pronunciando cada uma das sílabas.

— Ah, meu Deus, você não tem jeito. — Jogo as mãos para cima. — Tudo bem. Tudo bem. Eu deixo.

— *Yessss.* — Ela soca o ar, solta uma gargalhada para mim e marca o seu agora insuperável placar. — Na verdade, você nunca entendeu este jogo. É uma disputa de persuasão.

Corto outro pedaço de bolo para mim.

— Isso não é persuasão. É trapaça.

— É a mesma coisa — ela insiste e nós duas caímos na gargalhada.

— Amanhã você pode me vencer no *Imagem & Ação em Nome do Outro* — ela promete.

Depois da minha derrota, vamos para o sofá e assistimos ao meu filme preferido, *O Jovem Frankenstein*. Vê-lo também faz parte do nosso ritual de aniversário. Coloco a cabeça no colo da minha mãe, ela me faz cafuné e rimos das mesmas piadas do mesmo jeito que fazemos há anos. No fim das contas, não é uma maneira assim tão ruim de passar o seu aniversário de dezoito anos.

CONTINUA O MESMO

NA MANHÃ SEGUINTE, estou lendo no meu sofá branco quando a Carla entra.

— *Feliz cumpleaños* — ela anuncia.

Baixo o livro.

— *Gracias.*

— Como foi de aniversário? — Ela começa a tirar coisas de dentro de sua maleta de enfermeira.

— Nós nos divertimos.

— Bolo de baunilha com glacê do mesmo sabor? — pergunta.

— É claro.

— *O Jovem Frankenstein*?

— Sim.

— E você perdeu naquele jogo? — pergunta.

— Nós somos bem previsíveis, não é?

— Não ligue para mim — diz ela, gargalhando. — Só estou com inveja de como você e a sua mãe são fofas.

Ela pega o meu registro de saúde de ontem, dá uma lida nas medições realizadas pela minha mãe e acrescenta uma nova folha de papel à prancheta.

— A Rosa mal tem falado comigo ultimamente.

Rosa é a filha de dezessete anos da Carla. De acordo com a minha enfermeira, elas eram muito próximas até os hormônios e os meninos tomarem conta da vida da Rosa. Não consigo imaginar uma coisa dessas acontecendo comigo e com a minha mãe.

Carla se senta ao meu lado no sofá e pega a minha mão para colocar o manguito do medidor de pressão. Os olhos dela miram o meu livro.

— *Flores para Algernon* de novo? — ela pergunta. — Não é esse aquele livro que sempre a faz chorar?

— Um dia ele não vai mais causar isso — digo. — E quero garantir que eu ainda estarei lendo-o quando acontecer.

Ela revira os olhos na minha direção e pega a minha mão.

Isso foi um sinal de desaprovação, mas então me pergunto se ela não está certa.

Talvez eu esteja mantendo a esperança de que um dia, algum dia, as coisas mudem.

A VIDA É CURTA®

RESENHAS COM SPOILERS POR MADELINE

FLORES PARA ALGERNON, DE DANIEL KEYES

Alerta de spoiler: Algernon é um rato. O rato morre.

INVASÃO ALIENÍGENA, PARTE DOIS

ESTOU NA PARTE EM QUE Charlie percebe que o destino do rato pode ser o mesmo dele quando ouço um barulho alto, retumbante, do lado de fora. De imediato, minha cabeça vai para o espaço sideral. Imagino uma nave-mãe gigante pairando no céu acima de nossas cabeças.

A casa treme e os meus livros vibram nas prateleiras. Um bipe constante se junta ao estrondo e logo sei o que é. Um caminhão. Provavelmente está apenas perdido, eu digo a mim mesma, para afastar o desapontamento. É capaz que tenha virado na rua errada em seu caminho para algum outro lugar.

Mas o motor é desligado. As portas são abertas e fechadas novamente. Um momento se passa e depois outro, até que uma voz de mulher grita:

— Bem-vindos à nossa nova casa, pessoal!

Carla olha fixamente para mim por alguns segundos. Sei o que ela está pensando.

Está acontecendo de novo.

DIÁRIO DE MADELINE

5 de agosto

A família da casa ao lado se mudou. O garoto chorou. Ele se escondeu no jardim e comeu terra até que a mãe dele o encontrou, mas não gritou com ele por comer aquilo, como ela geralmente faz. Está tudo em silêncio do lado de fora agora.

Na noite passada, sonhei que na verdade eles não tinham se mudado, mas sido sequestrados por alienígenas. Os alienígenas não me levaram porque eu sou doente e eles só queriam pessoas saudáveis. Eles levaram a minha mãe e a Carla e ainda a família da casa ao lado. E então eu fiquei completamente sozinha. Acordei chorando e a minha mãe veio e ficou na cama comigo. Não contei a ela sobre o meu sonho

porque isso ia deixá-la
triste, mas contei para
a Carla e ela me deu
um abraço.

O COMITÊ DE BOAS-VINDAS

— CARLA — DIGO —, não vai ser como da última vez. — Eu não tenho mais oito anos.

— Quero que você prometa... — ela começa, mas eu já estou na janela, abrindo as cortinas.

Não estou preparada para o sol brilhante da Califórnia. Não estou preparada para a visão dele, alto, escaldante e branco contra o céu branco-lavado. Estou cega. Mas então a névoa clara que encobre a minha visão começa a se dissipar. Tudo está coberto por um halo.

Vejo o caminhão e a silhueta de uma mulher mais velha rodopiando: a mãe. Vejo um homem mais velho na parte de trás do caminhão: o pai. Vejo uma garota talvez um pouco mais nova que eu: a filha.

E então eu o vejo. Alto, esguio, todo vestido de preto: camiseta preta, jeans preto, tênis preto e um gorro preto de tricô que cobre completamente seu cabelo. Ele é branco com um leve bronzeado da cor do mel e seu rosto é profundamente anguloso. Ele salta de seu poleiro nos fundos do caminhão e desliza pela rua, movendo-se como se a gravidade o afetasse de forma diferente do resto de nós. Ele para, inclina a cabeça para um dos lados e encara a nova casa como se fosse um quebra-cabeça.

Depois de alguns segundos, ele começa a elevar os tornozelos. De repente, dispara e corre literalmente dois metros pela parede da frente da casa. Ele agarra um dos parapeitos e fica ali pendurado por um segundo ou dois até voltar para o chão com um agachamento.

— Muito bem, Olly — diz a mãe.

— Você não mandou ele parar com essa coisa? — rosna o pai.

Ele ignora os dois e se mantém agachado.

Pressiono uma das palmas das mãos aberta contra o vidro, sem ar, como se eu mesma houvesse feito aquela maluquice. Meus olhos oscilam entre o garoto, o parapeito e o garoto novamente. Ele não está mais agachado. Está me encarando. Nossos olhos se encontram. Imagino vagamente o que ele vê na minha janela: uma garota esquisita com olhos arregalados que o observa. Ele sorri para mim e o rosto dele não está mais rígido, nem severo. Tento sorrir de volta, mas fico tão confusa que acabo franzindo a testa.

MEU BALÃO BRANCO

NAQUELA NOITE, sonho que a casa respira comigo. Eu exalo e as paredes se contraem como um balão furado, me esmagando quando desinfla. Eu inspiro e as paredes se expandem. Mais uma única respiração e minha vida por fim, finalmente, irá pelos ares.

VIGÍLIA DA VIZINHANÇA

A ROTINA DA MÃE DELE

6:35 — Vai até a varanda segurando uma caneca com alguma coisa quente, fumegante. Café?

6:36 — Observa o terreno vazio do outro lado da rua enquanto beberica de sua caneca. Chá?

7:00 — Entra novamente na casa.

7:15 — De volta à varanda. Despede-se do marido com um beijo. Observa o carro dele desaparecer na rua.

9:30 — Jardim. Procura, encontra e descarta guimbas de cigarro.

13:00 — Deixa a casa de carro. Vai fazer alguma tarefa na rua?

17:00 — Implora para que Kara e Olly façam suas tarefas domésticas "antes que o seu pai chegue em casa".

A ROTINA DA KARA (IRMÃ):

10:00 — Vai até o lado de fora com passadas barulhentas usando botas pretas e um roupão de banho marrom felpudo.

10:01 — Checa as mensagens no celular. Ela recebe um monte de mensagens.

10:06 — Fuma três cigarros no jardim entre nossas casas.

10:20 — Abre um buraco com as pontas das botas e enterra as guimbas dos cigarros.

10:25 — 17:00 — Envia mensagens e fala ao telefone.

17:25 — Tarefas domésticas.

A ROTINA DO PAI DELE

7:15 — Sai *para* o trabalho.

18:00 — Volta do trabalho.

18:20 — Senta na varanda com o drinque #1.

18:30 — Entra novamente em casa *para* jantar.

19:00 — De novo na varanda com o drinque #2.

19:25 — Drinque #3.

19:45 — Começa a *berrar* com a família.

22:35 — Os *berros* com a família se tornam *mais escassos*.

A ROTINA DO OLLY

Imprevisível.

EU, ESPIÃ

A FAMÍLIA DELE O CHAMA de Olly. Bem, a irmã e a mãe o chamam de Olly. O pai o chama de Oliver. Ele é quem mais observo. O quarto dele fica no segundo andar, quase na frente do meu, e as cortinas estão sempre abertas.

Em algumas manhãs, ele dorme até meio-dia. Em outras, ele sai do quarto antes de eu começar minha observação. Na maior parte das manhãs, ele acorda às nove horas e escala a parede do quarto, no melhor estilo Homem-Aranha, até o telhado usando as quinas como apoio. Ele fica cerca de uma hora lá em cima antes de se dependurar, passando primeiro as pernas, e voltar para o quarto. Não importa o quanto eu tente, não consegui ver o que ele faz lá em cima.

O quarto dele só não está vazio porque tem uma cama e uma cômoda. Algumas caixas da mudança permanecem fechadas e empilhadas perto da porta. Não há nenhuma decoração além do pôster de um filme chamado *Jump London*. Dei uma pesquisada e soube que é um documentário sobre parkour, que é um tipo de ginástica de rua, o que explica como ele é capaz de fazer todas essas coisas doidas. Quanto mais assisto, mais eu quero saber.

MENTEUSE

ACABEI DE ME SENTAR À mesa para jantar. Minha mãe coloca um guardanapo de tecido no meu colo e enche o meu copo e o da Carla. Os jantares de sexta são especiais na minha casa. Carla fica até mais tarde para comer conosco em vez de fazer isso com sua própria família.

Tudo no Jantar de Sexta é francês. Os guardanapos são de tecido branco bordados com flores-de-lis nos cantos. O faqueiro é antigo, francês e ornamentado. Temos uma miniatura de prata de *La Tour Eiffel*, saleiros e pimenteiros. É claro que temos de ser cuidadosas com o menu por causa das minhas alergias, mas minha mãe sempre prepara sua própria versão de *cassoulet* — um ensopado francês com galinha, salsichas, pato e feijão branco. Era o prato preferido do meu pai antes de ele morrer. A versão que minha mãe faz para mim contém apenas feijões brancos cozidos em caldo de galinha.

— Madeline — minha mãe começa. — O sr. Waterman me contou que você está atrasada no seu trabalho de arquitetura. Está tudo bem com você, garotinha?

Fico surpresa com a pergunta. Sei que estou atrasada, mas, como isso nunca aconteceu antes, eu não havia me dado conta de que minha mãe estava acompanhando o meu desempenho.

— O trabalho é muito difícil? — Ela franze a testa enquanto coloca uma concha de *cassoulet* na minha tigela. — Você quer que eu arranje outro tutor?

— *Oui, non, et non* — respondo a cada uma das perguntas. — Está tudo bem. Vou entregar o trabalho amanhã, prometo. Só perdi a noção do tempo.

Ela faz que sim com a cabeça e começa a cortar e passar manteiga em pedaços de um pão francês cascudo para mim. Sei que ela quer perguntar mais alguma coisa. Até sei o que ela quer perguntar, mas está com medo da resposta.

— São os novos vizinhos?

Carla me lança um olhar penetrante. Nunca menti para a minha mãe. Jamais tive necessidade de fazer isso e não acho que eu saiba como fazê-lo. Mas alguma coisa me diz que é exatamente isso o que eu devo fazer.

— Só ando lendo demais. Você sabe como eu fico quando estou lendo um bom livro. — Faço um esforço para que minha voz soe o mais convincente possível. Não quero que ela se preocupe. Ela já tem muito com o que se preocupar comigo do jeito que as coisas já estão.

Como se diz "mentirosa" em francês?

— Sem fome? — pergunta minha mãe alguns minutos depois. Ela pressiona as costas das mãos contra a minha testa. — Você não está com febre. — Ela deixa a mão ali parada por mais um momento.

Estou prestes a inventar alguma outra desculpa quando a campainha toca. Isso acontece tão raramente que eu nem sei como reagir.

A campainha toca de novo.

Minha mãe meio que se levanta.

Carla se ergue da cadeira.

A campainha toca pela terceira vez e eu sorrio sem motivo.

— Quer que eu atenda, senhora? — Carla se oferece.

Minha mãe faz um gesto dispensando sua gentileza.

— Fique aqui — minha mãe diz para mim.

A Carla vai para trás de mim, as mãos dela pressionam levemente meus ombros. Sei que eu devia ficar aqui. Sei que esperam que eu faça isso. Com toda a certeza, eu também esperava que essa fosse a minha reação, mas, de alguma forma, hoje, eu simplesmente não consigo fazer isso. Preciso saber quem é, mesmo que seja apenas algum pedinte.

Carla toca a parte de cima do meu braço.

— Sua mãe disse para ficar aqui.

— Mas por quê? Ela está simplesmente sendo cautelosa demais. De qualquer forma, ela não deixa ninguém passar do purificador de ar.

Carla cede e sigo pelo corredor com ela atrás de mim.

O purificador é uma pequena sala lacrada em volta da porta da frente. Ela é vedada de modo que as ameaças em potencial não possam entrar na casa quando a porta da frente é aberta. Pressiono a orelha contra a parede. No início, não ouço nada além dos filtros de ar, mas então escuto uma voz.

— Minha mãe mandou um bundt. — A voz é profunda, macia e parece estar definitivamente se divertindo. Meu cérebro está processando a palavra *bundt*, tentando criar uma imagem da aparência dessa coisa antes de me dar conta que a pessoa que está na nossa porta é Olly.

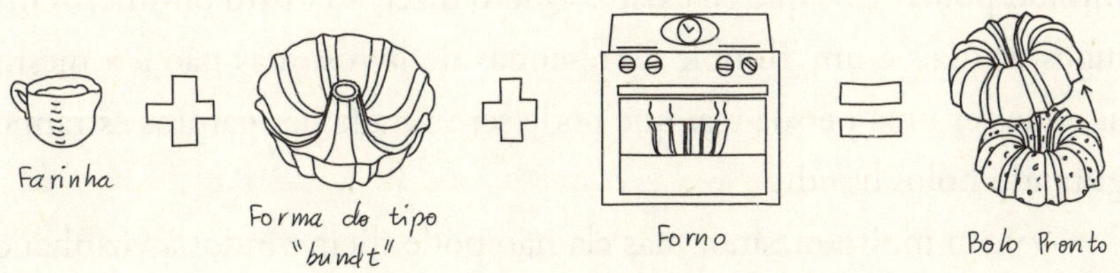

O Bolo Bundt

— A questão é que os bundts da minha mãe não são muito bons. Eles são terríveis. Na verdade, são intragáveis, eles são quase indestrutíveis. Que isso fique apenas entre nós.

Uma nova voz agora. De uma garota. Seria a irmã dele?

— Toda vez que a gente se muda ela nos faz levar um desses para os vizinhos.

— Oh. Bem, isso é uma surpresa, não? É muito bacana da parte dela. Por favor, digam à mãe de vocês que eu agradeço muito.

Não há a menor possibilidade de aquele bolo bundt passar pelas inspeções adequadas e posso sentir minha mãe tentando descobrir como lhes dizer que ela não pode aceitar o bolo sem contar a verdade sobre mim.

— Desculpem, mas não posso aceitar.

Há um momento de silêncio chocado.

— Então você quer que a gente leve o bolo de volta? — diz Olly, incrédulo.

— Bem, isso é indelicado — Kara comenta. Ela soa irritada e resignada, como sentisse um certo desapontamento.

— Desculpe, de verdade — diz minha mãe. — É complicado. Sinto muito mesmo, porque isso é muito legal da parte de vocês e da sua mãe. Por favor, agradeçam a ela por mim.

— A sua filha está em casa? — Olly pergunta quase gritando antes que minha mãe possa fechar a porta. — A gente esperava que ela pudesse mostrar a vizinhança para a gente.

Meu coração se acelera e posso sentir minha pulsação contra as costelas. Ele acabou mesmo de perguntar por mim? Nenhum estranho jamais veio me visitar antes. Além da minha mãe, da Carla e dos meus tutores, o mundo pouco sabe que eu existo. Quero dizer, eu existo on-line. Tenho amigos virtuais e um Tumblr de resenhas de livros, mas não é a mesma coisa que ser uma pessoa real que pode ser visitada por garotos estranhos segurando bolos bundt.

— Sinto muito mesmo, mas ela não pode. Bem-vindos à vizinhança e obrigada mais uma vez.

A porta da frente se abre e dou um passo para trás para esperar pela minha mãe. Ela precisa permanecer no purificador de ar até que os filtros tenham a chance de limpar o ar externo. Um minuto depois, ela entra na casa, e não me nota de imediato. Em vez disso, fica ali de pé, parada, com os olhos fechados e a cabeça levemente abaixada.

— Sinto muito — diz ela sem olhar para cima.

— Estou bem, mãe. Não se preocupe.

Pela milésima vez percebi quão difícil minha doença é para ela. Esse é o único mundo que eu conheço, mas antes de mim ela teve o meu irmão e o meu pai. Ela viajava e jogava futebol. Ela tinha uma vida normal que não incluía ficar enclausurada em uma bolha catorze horas por dia com sua filha adolescente doente.

Eu a abraço e deixo que ela me abrace por mais alguns minutos. Essa decepção está sendo muito mais difícil para ela do que para mim.

— Eu vou pensar em alguma coisa — ela diz.

— Não há nada para se pensar.

— Amo você, docinho.

Entramos de novo na sala de jantar e terminamos de comer depressa e, durante a maior parte do tempo, em silêncio. Carla vai embora e a minha mãe me pergunta se quero vencê-la em uma partida de *Imagem & Ação em Nome do Outro*, mas peço para deixarmos para a próxima. Eu não estou muito no clima.

Em vez disso, vou para o andar de cima imaginando qual deve ser o gosto de um bolo bundt.

PIÈCE DE REJECTION

DE VOLTA AO MEU QUARTO, vou imediatamente para a janela. O pai voltou do trabalho e alguma coisa está errada porque ele está irritado e a cada segundo irrita-se ainda mais. Ele pega o bolo bundt das mãos de Kara e joga com toda a força em cima do Olly, só que Olly é muito rápido, muito gracioso. Ele desvia e o bolo cai no chão.

Incrivelmente o bundt permanece intacto, mas o prato se estilhaça no meio da rua. Isso apenas deixa o pai com mais raiva.

— Você vai limpar essa bagunça. Você vai limpar isso agora. — Ele entra na casa batendo a porta. A mãe vai atrás dele. Kara balança a cabeça para Olly e diz alguma coisa que faz com que ele dê de ombros. Olly fica lá em pé olhando para o bolo por alguns minutos. Ele desaparece dentro da casa e volta com uma vassoura e uma pá de lixo. Ele não tem pressa, leva mais tempo do que o necessário, varrendo os cacos.

Quando ele termina, escala a casa até o telhado, levando o bundt, e depois de uma hora ele se pendura no parapeito e escapole para o quarto.

Estou escondida no meu lugar de sempre atrás da cortina quando de repente eu não quero mais me esconder. Acendo as luzes e volto para a janela. Nem mesmo me dou ao trabalho de respirar fundo. Não vai ajudar. Abro as cortinas para ver que Olly já está na janela do quarto dele, olhando diretamente para mim. Ele não sorri. Não acena. Em vez disso, ergue um dos braços e fecha a persiana.

SOBREVIVÊNCIA

— POR QUANTO TEMPO VOCÊ vai ficar assim deprimida pela casa? — Carla pergunta. — Você já está assim há uma semana.

— Não estou deprimida — retruco, apesar de estar mesmo um pouco deprimida. A rejeição do Olly me fez sentir como uma garotinha novamente. Fez com que eu me lembrasse por que parei de prestar atenção no mundo antes.

Porém, tentar voltar à rotina normal é difícil quando eu ouço todos os sons do mundo exterior. Percebo coisas nas quais eu prestava menos atenção antes. Ouço os pássaros fofocando pela manhã. Vejo os retângulos de luz do sol que deslizam pelas persianas e abrem caminho pelo quarto ao longo do dia. Dá para marcar o tempo só por meio deles. Quanto mais eu tento deixar o mundo do lado de fora, ele parece cada vez mais determinado a entrar.

— Você está lendo as mesmas cinco páginas daquele livro há dias. — Ela balança a cabeça na direção do meu exemplar de *O senhor das moscas.*

— Bem, esse livro é terrível.

— Pensei que fosse um clássico.

— É terrível. A maioria dos garotos são horríveis e todos eles falam sobre caçar e matar porcos. Nunca senti tanta vontade de comer bacon na minha vida.

Carla solta uma gargalhada, que soa no máximo desanimada. Ela se senta no sofá ao meu lado e coloca as minhas pernas no seu colo.

— Diga-me — ela começa.

Abaixo o livro e fecho os olhos.

— Eu só queria que eles fossem embora — confesso. — Era mais fácil antes.

— O que era mais fácil?

— Eu não sei. Ser eu. Ser doente.

Ela aperta a minha perna.

— Agora você me escuta. Você é a pessoa mais forte e corajosa que eu conheço. É melhor você acreditar nisso.

— Carla, você não tem que...

— Shhh, me escuta. Andei pensando nisso. Eu vi que essa coisa nova está pesando sobre os seus ombros, mas sei que você vai se sair bem.

— Eu não tenho assim tanta certeza.

— Está tudo bem. Eu posso ter certeza por nós duas. Estamos juntas nesta casa há quinze anos, por isso sei do que estou falando. Quando comecei, pensei que seria apenas uma questão de tempo até que a depressão tomasse conta de você. E então houve aquele verão em que a depressão chegou perto, mas não chegou a atacar. Todos os dias você levanta e aprende uma coisa nova. Todo dia você descobre alguma coisa para deixá-la feliz. Todo dia, sem exceção, você tem um sorriso para mim. Você se preocupa mais com a sua mãe do que consigo mesma.

Não acho que a Carla já tenha dito tantas palavras assim de uma só vez.

— A minha própria Rosa — Carla continua, mas logo para. Ela reclina as costas no sofá e fecha os olhos, tomada por alguma emoção que não compreendo. — A minha Rosa poderia aprender uma coisa ou outra com você. Ela tem tudo que posso lhe dar, mas sempre acha que não tem nada.

Eu sorrio. Carla reclama sobre a filha, mas posso dizer que ela a mima o quanto pode.

Ela abre os olhos e o que quer que a estivesse incomodando desaparece.

— Você vai ver. Logo aquele sorriso vai surgir de novo. — Ela afaga a minha perna. — A vida é difícil, querida. Todo mundo encontra um caminho.

A VIDA É CURTA®

RESENHAS COM SPOILERS POR MADELINE

O SENHOR DAS MOSCAS, DE WILLIAM GOLDING

Alerta de spoiler: Os garotos são selvagens.

PRIMEIRO CONTATO

DOIS DIAS SE PASSARAM e deixei de me deprimir. Eu estava ficando melhor em ignorar os vizinhos quando ouvi um zunido vindo do lado de fora. Estou no meu sofá, ainda atolada em *O senhor das moscas*. Misericordiosamente, estou perto do fim. Ralph está na praia esperando por uma morte violenta. Estou tão ávida para que o livro termine para que eu possa ler alguma outra coisa, algo mais alegre, que ignoro o som. Alguns minutos depois e ouço outro zumbido, mais alto desta vez. Coloco o livro de lado e escuto. Os zunidos três, quatro e cinco vêm em uma sucessão rápida. Algo bateu em minha janela. Como assim? Eu me levanto e corro para a janela antes de pensar em uma opção melhor. Afasto as cortinas.

A janela do Olly está escancarada, as persianas abertas, e as luzes estão apagadas. O bundt indestrutível está sentado no peitoril usando óculos de natação que me encaram. O bolo treme e então se inclina para o lado como se estivesse contemplando o chão a distância. Ele recua e treme de novo. Tento ver Olly em seu quarto escuro quando o bundt pula do parapeito e se joga no chão.

Eu me engasgo. Será que o bolo acabou de cometer suicídio? Baixo o pescoço para ver que fim levou, mas está muito escuro para enxergar o que quer que seja.

E então uma lanterna ilumina o bolo. Inacreditavelmente, ainda está intacto. Do que essa coisa é feita? Provavelmente foi melhor a gente não ter tentado comer esse troço.

A luz se apaga e eu olho para cima bem a tempo de ver a mão do Olly com uma luva preta levar novamente a lanterna para dentro da janela. Fico ali mais alguns minutos, esperando que ele volte, mas isso não acontece.

NOITE DOIS

JÁ ESTOU ACOMODADA na minha cama quando o zumbido começa de novo. Estou determinada a ignorá-lo e é isso o que faço. O que quer que ele queira, eu não posso fazer. É mais fácil não saber.

Não vou para a janela nem naquela noite nem na seguinte.

NOITE QUATRO

NÃO AGUENTO MAIS. Dou uma espiada de um dos cantos da cortina.

O bundt está sentado no parapeito. Band-Aids e bandagens cobrem metade do seu corpo. Olly não está em nenhum lugar por perto.

NOITE CINCO

O BUNDT ESTÁ SENTADO na mesa ao lado da janela. Perto dele há um copo de martíni repleto de um líquido verde, um maço de cigarros e um frasco de comprimidos com uma etiqueta representando uma caveira e ossos cruzados. Outra tentativa de suicídio?

E ainda nenhum sinal do Olly.

NOITE SEIS

O BUNDT ESTÁ DEITADO em um lençol branco. Uma garrafa de plástico de cabeça para baixo está presa no que parece ser um cabideiro e está pendurada em cima do bolo. Um barbante pende da garrafa até o bundt como uma cânula. Olly aparece usando um casacão branco e um estetoscópio. Ele franze a testa para o bundt e ouve seu coração. Quero soltar uma gargalhada, mas não me permito. Olly olha para cima e balança a cabeça solenemente. Fecho as cortinas, contendo um sorriso, e me afasto.

NOITE SETE

DIGO A MIM MESMA para não olhar, mas assim que ouço o primeiro zunido, corro para a janela. Olly está usando um roupão preto com uma cruz prateada gigante pendurada no pescoço. Ele está executando os últimos ritos do bundt.

Por fim, não consigo me conter. Caio na gargalhada. Ele olha para cima e sorri também. Pega uma caneta marcador de cor preta do bolso e escreve na janela:

DESCULPE SOBRE AQUELA OUTRA NOITE.
USUARIOGENERICO033@GMAIL.COM

PRIMEIRO CONTATO, PARTE DOIS

De: Madeline F. Whittier
Para: usuariogenerico033@gmail.com
Assunto: Olá
Data de envio: 4 de junho, 20:03

Olá. Acho que devemos começar com as apresentações, não é? Meu nome é Madeline Whittier. E o seu?
– Madeline Whittier
P.S. Você não precisa se desculpar por nada.
P.P.S.: Do que é feito esse tal de bundt?

De: usuariogenerico033
Para: Madeline F. Whittier <madeline.whittier@gmail.com>
Assunto: RE: Olá
Enviado em: 4 de junho, 20:07

você é uma espiã horrível madeline whittier se ainda não conseguiu descobrir o meu nome. minha irmã e eu tentamos conhecer você na semana passada, mas a sua mãe não deixou. realmente não sei do que o bundt é feito. pedras, talvez?

De: Madeline F. Whittier
Para: usuariogenerico033@gmail.com
Assunto: RE: RE: Olá
Enviado em: 4 de junho, 20:11

Oi.

Receita do Bolo Bundt

3 xícaras de cimento
1 1/4 de xícara de serragem em flocos finos
1 xícara de cascalho (de vários tamanhos para efeito decorativo)
1/2 colher de chá de sal
1 xícara de cola branca
2 barras de manteiga sem sal
3 colheres de chá de tíner
4 ovos grandes (em temperatura ambiente)

MODO DE PREPARO

Pré-aqueça o fogo a 350 graus.
Unte a forma redonda.

Para o bolo:
Em uma tigela média, misture o cimento, o sal e o cascalho.
Em uma tigela grande, misture a manteiga, a cola branca, o tíner e os ovos. Não misture o conteúdo das duas tigelas.
Gradualmente, forme pequenos montinhos com os ingredientes secos.
Bata com uma colher até assumir o formato de um anel.
Coloque no forno. Quando você colocar um palito dentro do bolo e ele não sair, está pronto. Deixe esfriar dentro da forma.

Para a cobertura:
Misture serragem e água suficientes até obter uma cobertura consistente.

Desenforme o bolo sobre um pedaço de papel vegetal (para facilitar a limpeza).

Cubra o bolo com a cobertura e deixe solidificar antes de servir.

(Serve 0)

– Madeline Whittier

P.S.: Não sou uma espiã!

PRIMEIRO CONTATO, PARTE TRÊS

Quarta-feira, 20:15

Olly: eu ia responder o seu e-mail, mas vi que você estava on-line. a sua receita me fez rachar de rir. por acaso já houve algum espião na história da espionagem que admitiu ser um espião? acho que não. eu sou olly e é um prazer conhecê-la.

Olly: o que significa esse "f"?

Madeline: Furukawa. Minha mãe é a terceira geração de imigrantes japoneses. Sou metade japonesa.

Olly: e a outra metade?

Madeline: Afrodescendente.

Olly: você tem algum apelido madeline furukawa whittier ou eu devo chamar você de madeline furukawa whittier?

Madeline: Eu não tenho apelido. Todo mundo me chama de Madeline. Às vezes minha mãe me chama de querida e de docinho. Isso conta?

Olly: não, claro que isso não conta. ninguém chama você de m ou maddy, ou made, ou line? vou arrumar um apelido para você.

Olly: a gente vai ser amigo

Quinta-feira, 20:19

Madeline: Já que vamos ser amigos, tenho umas perguntas: de onde você é? Por que você usa um gorro o tempo todo? A sua cabeça por acaso tem um formato esquisito? Por que você só se veste de preto? Pergunta relacionada: você sabe que existem outras cores de roupa? Tenho algumas sugestões se você precisar. O que você faz no telhado? O que é a tatuagem no seu braço direito?

Olly: eu tenho as respostas: viemos de vários lugares, mas principalmente da costa leste. raspei a cabeça antes de me mudar para cá (grande erro). sim. eu fico mesmo incrivelmente sexy de preto. sim. não preciso de nenhuma, obrigado. nada. um código de barras

Madeline: O que você tem contra letras maiúsculas e a pontuação correta?

Olly: quem disse que eu tenho alguma coisa contra

Madeline: Tenho que ir. Desculpe!

Sexta-feira, 20:34

Olly: então quer dizer que você está de castigo?

Madeline: Não estou de castigo. Por que você acha que eu estou?

Olly: bem, alguma coisa fez com que você saísse do computador correndo na noite passada. eu estava pensando que era a sua mãe. confie em mim. eu sei tudo sobre estar de castigo. não vi você do lado de fora desde que nos mudamos

Madeline: Desculpe. Não sei o que dizer. Não estou de castigo, mas não posso sair de casa.

Olly: muito misterioso. você é um fantasma? foi o que eu pensei no dia em que nos mudamos e vi você na janela. e seria mesmo o maior azar a menina bonita da casa ao lado na verdade não estar viva.

Madeline: Primeiro eu era uma espiã e agora eu sou um fantasma!

Olly: você não é um fantasma? então uma princesa de conto de fadas. qual delas você é? cinderela? você vai se transformar em abóbora se sair de casa?

Olly: ou a rapunzel? o seu cabelo é bem comprido. jogue ele aqui para baixo e deixe que eu escale para te resgatar.

Madeline: Isso sempre me soou como algo impraticável. E doloroso. Você não acha?

Olly: sim. então você não é a cinderela nem a rapunzel. branca de neve, então. sua madrasta má jogou um feitiço em você de forma que jamais será capaz de sair de casa e o mundo não poderá ver quão digna você é.

Madeline: Não é assim que acontece na história. Você sabia que na versão original não existia uma madrasta má, mas sim uma mãe má? Dá para acreditar nisso? E também não havia anões. Interessante, não?

Olly: definitivamente.

Madeline: Eu não sou uma princesa.

Madeline: E nem preciso ser resgatada.

Olly: tudo bem. eu também não sou nenhum príncipe.

Madeline: Você acha que eu sou bonita?

Olly: para uma fantasma espiã princesa dos contos de fadas? com toda a certeza.

Sábado, 20:01

Olly: por que você só entra na internet depois das 8?

Madeline: Em geral só fico sozinha depois dessa hora.

Olly: alguém fica com você o dia todo?

Madeline: Será que a gente podia não falar sobre isso?

Olly: madeline whittier, aquela que me deixa cada vez mais e mais curioso

Sábado, 20:22

Olly: vamos jogar um jogo. os seus cinco preferidos. rápido. sem pensar muito. livro palavra cor vício pessoa.

Olly: anda logo. digite mais depressa, mulher. não pense, digite.

Madeline: Uau. *O Pequeno Príncipe.* Dependente. Verde-água. Eu não tenho nenhum vício. Minha mãe.

Olly: todo mundo tem vícios

Madeline: Eu não tenho. Por quê? Quantos você tem?

Olly: o suficiente para ter um preferido

Madeline: Ok, minha vez.

Olly: a mesma lista?

Madeline: Sim

Olly: *o senhor das moscas.* macabro. preto. roubar prataria. minha irmã.

Madeline: Eca. *O senhor das moscas*? Não acho que possamos mais ser amigos. Esse livro é horrível.

Olly: o que tem de tão horrível nele?

Madeline: Tudo!

Olly: você só não gosta dele porque é um livro verdadeiro

Madeline: Como assim verdadeiro? Se formos deixados por nossa própria conta vamos acabar matando uns aos outros?

Olly: sim

Madeline: Você realmente acredita nisso?

Olly: sim

Madeline: Bem, eu não acredito. Definitivamente não.

Madeline: Você rouba prataria?

Olly: você precisa ver a minha coleção de colheres

Segunda-feira, 20:07

Olly: o que você fez para te colocarem num castigo tão brabo?

Madeline: Não estou de castigo e não quero falar sobre isso.

Olly: tem algum garoto nessa história?

Olly: você está grávida? você tem namorado?

Madeline: Ah, meu Deus, você é maluco! Não estou grávida, nem tenho namorado! Que tipo de garota você acha que eu sou?

Olly: uma garota bem misteriosa.

Madeline: Você passou o dia todo achando que eu estava grávida?

Madeline: Sério que você pensou isso?

Olly: passou pela minha cabeça umas duas ou umas quinze vezes

Madeline: Inacreditável.

Olly: você não quer saber se eu tenho namorada?

Madeline: Não.

Terça-feira, 20:18

Madeline: Oi.

Olly: e aí?

Madeline: Não sabia se você ia ficar on-line hoje. Você está bem?

Olly: estou

Madeline: O que aconteceu? Por que você está tão irritado?

Olly: não sei do que você está falando

Madeline: O seu pai, Olly. Por que você está tão irritado?

Olly: você tem os seus segredos. eu tenho os meus

Madeline: OK.

Olly: ok

Quarta-feira, 3:31

Olly: não consegue dormir?

Madeline: Não.

Olly: eu também não. cinco favoritos. rápido. filme comida parte do corpo matéria da escola

Madeline: Só tem quatro. Além disso, é muito tarde para que eu consiga pensar.

Olly: estou esperando

Madeline: *Orgulho e Preconceito* – a versão da BBC, torrada, mãos, arquitetura.

Olly: meu deus do céu. será que existe alguma menina nesse planeta que não ama o sr. darcy?

Madeline: Todas as meninas amam o sr. Darcy?

Olly: você está brincando? até a minha irmã ama o darcy e olha que ela não ama ninguém.

Madeline: Ela deve amar você. Tenho certeza de que ela ama você.

Olly: o que tem de tão incrível no darcy?

Madeline: Você não está falando sério.

Olly: ele é um esnobe

Madeline: Mas ele supera isso e no fim se dá conta de que o caráter importa mais que a classe social! Ele é um homem disposto a aprender as lições da vida! E ele também é lindo, nobre, sinistro, taciturno e poético. E eu mencionei que ele é lindo? E também ama a Elizabeth acima de tudo.

Olly: hã-hã

Madeline: É isso mesmo.

Olly: minha vez?

Madeline: Prossiga.

Olly: godzilla, torrada, olhos, matemática. espera aí. a parte preferida do corpo é a sua ou a de outra pessoa?

Madeline: Eu não sei! Essa lista é sua.

Olly: ah, tudo bem, vou continuar com os meus olhos

Madeline: Qual é a cor dos seus olhos?

Olly: azul

Madeline: Seja mais específico, por favor.

Olly: jesus. garotas! eles são azul-oceano

Madeline: Do Atlântico ou do Pacífico?

Olly: atlântico. qual é a cor dos seus?

Madeline: Chocolate.

Olly: seja mais específica, por favor

Madeline: Cor de chocolate com 75% de cacau.

Olly: haha. legal

Madeline: Ainda assim são só quatro favoritos. Precisamos de mais um.

Olly: vou deixar essa para você

Madeline: Forma de poesia.

Olly: o que quer dizer que você tem uma

Madeline: E você não é leigo no assunto.

Olly: limeriques

Madeline: Você é um leigo. Vou fingir que você não falou isso.

Olly: qual é o problema com um bom limerique?

Madeline: "Um bom limerique" é uma contradição.

Olly: qual é a sua preferida?

Madeline: Haicai.

Olly: haicais são horríveis. eles são menos engraçados do que os limerique

Madeline: Você foi rebaixado de leigo para herege.

Olly: Conte-me uma novidade.

Madeline: OK. Preciso dormir.

Olly: ok eu também

Quinta-feira, 20:00

Madeline: Eu jamais imaginaria que matemática é a sua matéria preferida.

Olly: por que não?

Madeline: Eu não sei. Você escala edifícios e pula sobre as coisas. A maioria das pessoas são boas com o corpo ou com a mente, não com ambos.

Olly: esse é um jeito legal de dizer que você me acha idiota?

Madeline: Não! Isso quer dizer que... Eu não sei o que isso quer dizer.

Olly: você quer dizer que eu sou muito sexy para ser bom em matemática. está tudo bem. ouço isso o tempo todo

Madeline: ...

Olly: é preciso apenas prática, como qualquer outra coisa. se você quer saber, eu era um matematleta duas escolas atrás. tem alguma dúvida sobre probabilidade ou estatística? eu sou o cara ideal para resolver o seu problema

Madeline: Não!

Olly: sim!

Madeline: Tão sexy.

Olly: estou sentindo uma sombra de falsidade

Madeline: Não!

Olly: sim!

Madeline: :) Então quer dizer que você vai ser um matematleta na Escola de Ensino Médio do Vale de São Francisco?

Olly: provavelmente não

Olly: meu pai me fez sair da equipe. ele queria que eu fizesse alguma coisa mais de macho, tipo futebol americano.

Madeline: Você joga futebol?

Olly: não. ele me fez sair dos matematletas, só que não conseguiu intimidar o técnico o suficiente para que ele me deixasse entrar no time bem no meio da temporada. no fim das contas, ele acabou esquecendo essa história

Madeline: E se ele obrigar você a jogar futebol de novo?

Olly: agora sou um pouco mais difícil de ser ameaçado do que 2 anos atrás

Olly: também me tornei mais malvado. e maior.

Madeline: Você não parece ser mau.

Olly: você ainda não me conhece assim tão bem.

Sexta-feira, 3:03

Madeline: Você está acordado de novo.

Olly: é

Madeline: Sei que você não quer falar sobre isso.

Olly: e mesmo assim

Madeline: Vi o que aconteceu hoje. A sua mãe está bem?

Olly: ela está ok. essa não foi a primeira vez. nem será a última

Madeline: Oh, Olly.

Olly: por favor, não venha com essa história de oh olly para cima de mim

Olly: me fala alguma coisa. qualquer coisa. me fala um negócio engraçado

Madeline: Tudo bem. O que é um pontinho verde no canto da sala?

Olly: o que é?

Madeline: Uma ervilha de castigo!

Madeline: Oi?

Olly: ah, meu deus. essa não foi uma boa piada

Madeline: Mesmo assim fez você rir.

Olly: é, fez mesmo

Olly: obrigado

Madeline: Disponha.

Sábado, 20:01

Olly: acho que não vou conhecê-la pessoalmente até as aulas começarem

Madeline: Eu não vou à escola.

Olly: você quer dizer que não frequenta a Escola de Ensino Médio do Vale de São Francisco? onde você estuda?

Madeline: Quero dizer que eu não frequento uma escola regular. Faço aulas on-line.

Olly: por quê?

Madeline: Eu realmente não posso falar sobre isso.

Olly: ah, qual é, você precisa me contar alguma coisa

Madeline: Quero que a gente seja amigo. E não que você sinta pena de mim.

Olly: só me diga. a gente ainda vai continuar amigo

Madeline: Estou doente.

Olly: doente quanto?

Madeline: Doente de verdade. Não posso sair de casa enquanto estiver assim.

Olly: jesus

Olly: você está morrendo?

Madeline: Não. Pelo menos agora não.

Olly: você vai morrer em pouco tempo?

Madeline: Se eu sair de casa, vou.

Olly: ok

Olly: ainda somos amigos. não sinto pena de você.

Madeline: Obrigada.

Olly: como essa coisa da sua escola funciona?

Madeline: Todas as minhas aulas são via Skype. Tenho dever de casa, provas e notas. Um monte de gente estuda em casa hoje em dia.

Olly: ah, legal

Olly: você já reparou que a maioria dos finalistas do concurso nacional de soletração estudam em casa?

Madeline: nunca tinha reparado nisso.

Olly: é um fenômeno

Olly: queria que a gente pudesse se conhecer

Madeline: Eu também.

Madeline: OK. Preciso ir agora.

Olly: vai então

Olly: você ainda está aí?

Madeline: Sim.

Olly: vá até a janela

Madeline: Agora? Estou de camisola.

Olly: coloque um roupão. vá até a janela para eu poder te ver

Madeline: OK. Já vou. Boa noite, Olly.

Olly: boa noite, maddy

SORVETE ASTRONAUTA

— O SR. WATERMAN ESTÁ chegando — informa Carla do batente da porta. Finalmente dei os toques finais na minha maquete para a aula de arquitetura. Tive de abreviar duas noites de bate-papo com o Olly para terminar a tempo. Não quero que minha mãe fique preocupada de novo. O trabalho era projetar um centro comercial com praça de alimentação ao ar livre no meu estilo preferido. Escolhi art déco porque os prédios parecem voar mesmo estando bem presos ao chão.

A peça central do complexo é uma área gramada a céu aberto repleta de imensas cadeiras de formato estranho pintadas com cores brilhantes em um padrão de zigue-zague. Eu já tinha "plantado" palmeiras de plástico na grama e agora posiciono estrategicamente pessoas de plástico em miniatura segurando sacolas que lhes dão o "vigor da vida", como diria o sr. Waterman.

Em dois anos de aulas, só encontrei o sr. Waterman pessoalmente duas vezes. Em geral, todas as minhas aulas, incluindo arquitetura, acontecem via Skype. Minha mãe fez uma exceção esta semana. Acho que ela ainda está se sentindo mal devido à visita da Kara e do Olly há algumas semanas. Eu lhe disse que não tinha sido nada, mas ela insistiu. Receber uma visita é um grande evento porque os visitantes têm de concordar em ter os seus registros médicos checados e passar por um exame físico. Eles também precisam ser descontaminados, o que significa tomar um banho de ar soprado em alta velocidade por cerca de uma hora. Me visitar é sempre uma dor.

O sr. Waterman tem uma aparência alegre e peluda, como o Papai Noel na noite de Natal antes de começar sua longa jornada. O processo de descontaminação deixou-o com frio, de forma que ele esfrega uma mão na outra e as sopra para aquecê-las.

— Madeline — diz ele alegremente, batendo palmas. Ele é meu tutor preferido. Nunca aparenta sentir pena de mim e ama arquitetura tanto quanto eu. Se eu fosse ser alguma coisa quando crescesse, eu queria ser arquiteta.

— Olá, sr. Waterman. — Eu sorrio, sem jeito, pois realmente não sei como é estar com alguém que não é a Carla ou a minha mãe.

— E então o que você tem aí? — Seus olhos cinzentos brilham. Posiciono os dois últimos compradores minúsculos perto de uma loja de brinquedos e dou um passo para trás.

Ele circula ao redor da maquete, às vezes sorrindo de orelha a orelha, às vezes franzindo a testa, enquanto estala a língua, fazendo sons esquisitos.

— Bem, querida, você se superou. Está adorável! — Ele se ergue e está prestes a me dar um tapinha no ombro antes de se conter. Não é permitido tocar. Ele balança levemente a cabeça e então se inclina para examinar um pouco mais.

— Sim, sim, adorável. Há apenas algumas coisas sobre as quais precisamos conversar. Mas, primeiro, por onde anda o seu astronauta?

Sempre que faço uma nova maquete, faço um astronauta de argila e o escondo em algum lugar. Cada figura é diferente da outra. Desta vez, ele veste o equipamento completo de astronauta, com o capacete de ar comprimido e um tanque de oxigênio. O astronauta está sentado em uma das mesas da lanchonete. Há um monte de comida diante dele. Fiz banana splits, panquecas com calda de mirtilo, ovos mexidos, torradas com manteiga e geleia, bacon, milk-shakes (morango, chocolate e baunilha), cheesebúrgueres e batatas fritas, tudo em miniatura. Eu queria ter feito anéis de cebola, mas, como não tinha tempo, optei pelas batatas fritas mesmo.

— Lá está ele! — exclama o sr. Waterman. Ele gargalha diante da cena por alguns momentos e então volta para mim. Seus olhos alegres estão um pouco mais felizes que o normal. — Está simplesmente maravilhoso, minha querida. Mas como ele vai comer toda essa comida deliciosa sem tirar o capacete?

Olho novamente para o meu astronauta. Nunca havia me ocorrido que ele quisesse comer aquela comida.

TUDO É UM RISCO

CARLA ESTÁ SORRINDO para mim como se soubesse de algo que eu não sei. Ela está fazendo isso o dia todo quando acha que eu não estou olhando. Ela também está cantando "Take a Chance on Me" do ABBA, definitivamente sua música preferida de todos os tempos. Ela está totalmente fora do tom. Terei de perguntar ao Olly qual é a probabilidade de ela errar absolutamente todas as notas. Será que ela não poderia acertar pelo menos uma ao acaso?

É 12:30 e tenho meia hora para almoçar antes do meu tutor de história ficar on-line. Não estou com fome. Basicamente, não sinto mais fome. Ao que parece, um corpo pode se sustentar apenas de bate-papos na internet.

Carla não está olhando, por isso eu abro o meu Gmail. Treze mensagens do Olly desde a noite passada. Todas foram enviadas às três da manhã e é claro que ele não acrescentou o assunto. Solto uma risadinha e balanço a cabeça.

Quero lê-las, estou louca para lê-las, mas tenho de tomar cuidado quando a Carla está no quarto. Tiro os olhos da tela e vejo que ela está parada atrás de mim com as sobrancelhas erguidas. Será que ela sabe de alguma coisa?

— O que tem de tão interessante nesse laptop? — pergunta ela. Meu Deus, com toda a certeza ela sabe.

Aproximo a cadeira da escrivaninha e coloco meu sanduíche em cima do computador.

— Nada. — Dou uma mordida no sanduíche. Terça-feira é dia de peito de peru. — Não é nada. Só uma coisa que me fez rir aqui. — Ela se aproxima alguns centímetros. Os cantos dos olhos castanhos se enrugam e um imenso sorriso se abre em seu rosto. — Vídeo de gato — digo com a boca cheia de peito de peru. Opa, falei a coisa errada. A Carla é alucinada por vídeos de gato. Ela acha que a internet só serve para isso.

Ela se aproxima ainda mais, fica parada atrás de mim e ergue os braços para puxar o laptop.

Largo o sanduíche, fecho o computador e o abraço junto ao meu peito. Não sou uma boa mentirosa e digo a primeira coisa que passa pela minha cabeça.

— Você não vai querer ver esse vídeo, Carla. É ruim. O gato morre.

Encaramos uma a outra em uma espécie de defensiva chocada por alguns segundos. Estou chocada porque sou uma idiota e não consigo acreditar que falei aquilo. Carla está chocada porque eu sou idiota e não consegue acreditar que falei aquilo. Ela abre a boca de forma cômica, como um desenho animado, seus grandes olhos redondos ficam ainda maiores e mais redondos. Ela se inclina até a altura da cintura, dá um tapinha em um dos joelhos e gargalha como eu jamais a vi fazer. Quem por acaso dá um tapa no próprio joelho enquanto ri?

— Você quer dizer que a única coisa que conseguiu inventar é que o gato estava morto? — Ela começa a gargalhar de novo.

— Então você sabe.

— Bem, se eu não sabia antes, com toda a certeza eu sei agora. — Ela ri ainda mais um pouco e dá outro tapa no joelho. — Ah, você devia ter visto a sua cara.

— Isso não é assim *tão* engraçado — resmungo, irritada por ter me entregado.

— Você esqueceu que eu tenho uma igualzinha a você em casa. Sempre sei quando a Rosa está aprontando. Além disso, você, Dona Coisinha, não é nada boa em ter segredos. Vi você checando o e-mail e procurando por ele na janela.

Coloco o laptop de volta na mesa.

— Então você não está com raiva de mim? — pergunto, aliviada.

Ela me passa o sanduíche.

— Isso depende. Por que você guardou segredo?

— Eu não queria que você ficasse preocupada com a possibilidade de me ver triste de novo.

Ela me encara por um longo segundo.

— Preciso me preocupar?

— Não.

— Então não estou preocupada. — Ela afasta o meu cabelo dos ombros. — Coma — diz ela.

QUINZE MINUTOS DEPOIS

— QUEM SABE ELE não possa fazer uma visita?

Fico surpresa por perguntar, mas Carla não está nem um pouco chocada. Ela nem mesmo faz uma pausa para espanar uma poeira não existente da prateleira.

— As adolescentes são iguais em todos os lugares. É só lhes dar o braço que elas já querem o corpo inteiro.

— Isso é um não? — pergunto.

Ela ri de mim.

DUAS HORAS DEPOIS

EU TENTO DE NOVO.

— Só por meia hora. Ele pode ser descontaminado do mesmo jeito que o sr. Waterman e então...

— Você ficou maluca?

DEZ MINUTOS DEPOIS

— QUINZE MINUTOS?

— Não.

AINDA MAIS TARDE

— POR FAVOR, CARLA...

Ela me interrompe:

— E eu aqui pensando que você estava bem.

— Eu estou. Eu estou muito bem. Eu só queria conhecê-lo...

— Nem sempre podemos ter o que queremos. — Só pelo tom seco eu sei que essa é uma frase que ela usa com a Rosa o tempo todo. E tenho certeza de que ela se arrependeu de dizê-la para mim, mas mesmo assim a Carla não fala mais nada.

Ela está indo para casa, já passando pela porta do meu quarto quando resolve parar.

— Você sabe que eu não gosto de dizer não para você. Você é uma boa menina.

Mais do que depressa aproveito essa brecha.

— Ele pode se descontaminar e sentar do outro lado da sala, bem longe de mim e só por quinze minutos. Meia hora no máximo.

Ela faz que não com a cabeça, mas não sinto nenhuma firmeza nesse gesto.

— É muito arriscado. E a sua mãe jamais permitiria.

— A gente não precisa contar para ela — falo sem pensar.

Ela me lança um olhar cortante, desapontado.

— Vocês acham mesmo que é fácil mentir para as suas mães?

PARA AQUELES QUE ESPERAM

CARLA NÃO FALA NADA sobre o assunto até depois do almoço, dois dias depois.

— Agora, você vai me escutar — ela diz. — Nada de tocar. Você vai ficar no seu lado da sala e o garoto no dele. Já falei a mesma coisa para ele.

Entendo as palavras que saem dos lábios da Carla, mas não entendo *o que* ela quer dizer.

— Como assim? Você está falando que ele está aqui? Ele já está aqui?

— Você fica no seu lado e ele no dele. Nada de tocar. Entendeu?

Não entendi, mas, de qualquer forma, faço que sim com a cabeça.

— Ele está esperando você no solário.

— Descontaminado?

O olhar no rosto dela quer dizer alguma coisa do tipo: *por que você acha que eu estou aqui?*

Eu me levanto, volto a me sentar e me levanto novamente.

— Ah, senhor — ela diz. — Vá se ajeitar depressa. Você só tem vinte minutos.

Meu estômago não se revira apenas, mas faz piruetas de trapezista sem rede de proteção.

— O que fez você mudar de ideia?

Ela se aproxima, pega o meu queixo nas mãos e me encara bem nos olhos por tanto tempo que começo a ficar impaciente. Posso ver que ela está repassando tudo que gostaria de dizer.

Por fim, o que ela diz é:

— Você merece uma coisinha.

É assim que a Rosa consegue tudo o que quer. Ela simplesmente pede para a mãe, que tem um coração grande demais.

Corro para o espelho para "me ajeitar". Quase me esqueci da minha aparência. Não gasto muito tempo me admirando. Não há a menor necessidade de fazer isso quando não tem ninguém para ver você. Gosto de pensar que sou exatamente a mistura do meu pai e da minha mãe. Minha pele levemente morena é o que dá quando se combina a pele pálida, cor de oliva dela com o marrom profundo e bem mais encorpado do meu pai. Meu cabelo é longo, cheio e ondulado, não tão cacheado quando o dele, mas também não tão liso quanto o da minha mãe. Até mesmo os meus olhos são a combinação perfeita: nem asiáticos, nem africanos, mas algo entre os dois.

Desvio os olhos do espelho, mas logo volto a olhar para ele, tentando me pegar de surpresa para conseguir uma imagem mais fiel, tentando ver a mesma imagem que Olly veria. Tento dar uma gargalhada e depois sorrio, mostrando os dentes e escondendo-os. Tento até mesmo franzir a testa, embora espere não precisar usar essa expressão.

Carla observa as minhas caretas no espelho ao mesmo tempo divertida e perplexa.

— Quase me lembro de quando eu tinha a sua idade.

Eu não me viro. Em vez disso, falo com a Carla vendo seu reflexo no espelho.

— Você tem certeza sobre isso? Você não acha mais que é arriscado?

— Você está tentando fazer com que eu desista? — Ela vai até o espelho e coloca uma das mãos no meu ombro. — Tudo é um risco. Não fazer nada é um risco. A decisão é sua.

Olho ao redor para o meu sofá branco e as prateleiras brancas, minhas paredes brancas, tudo tão seguro, familiar e imutável.

Penso no Olly, com frio por causa da descontaminação e à minha espera. Ele é o oposto de todas essas coisas. Ele está em movimento constante.

Ele é o maior risco que eu já encarei.

FUTURO PERFEITO

De: Madeline F. Whittier

Para: usuariogenerico033@gmail.com

Assunto: Futuro Perfeito

Enviado em: 10 de julho, 12:30

Quando você ler esta mensagem, a gente já vai ter se conhecido. Terá sido perfeito.

OLLY

O SOLÁRIO É O MEU CÔMODO preferido na casa. É quase todo feito de vidro — telhado de vidro, janelas de vidro do chão ao teto que têm vista para o nosso gramado perfeitamente aparado.

A decoração da sala é como a de um filme ambientado na floresta tropical. O lugar é repleto de plantas falsas imitando as daquela região de aparência muito realista e exuberante. Bananeiras e coqueiros carregados com frutas de mentira e hibiscos com flores falsas estão por todos os lados. Há até mesmo um riacho que serpenteia pelo meio da sala, mas não tem peixes, pelo menos não de verdade. Os móveis são antigos, feitos de vime e passam a impressão de terem ficado muito tempo sob o sol. Já que a ideia do lugar é ser tropical, minha mãe colocou um ventilador de ar quente no teto e uma brisa levemente morna em excesso preenche o ambiente.

Na maioria dos dias eu amo esse cômodo porque posso imaginar que o vidro desapareceu e eu estou do Lado de Fora. Em outros, eu me sinto como um peixe em um aquário.

Quando entro no solário, vejo que Olly deu um jeito de escalar metade da parede de pedra dos fundos, com as mãos e os pés enfiados nas frestas. Ele está espremendo uma grande folha de bananeira entre os dedos quando caminho para dentro.

— Não é de verdade — ele me diz.

— Não é de verdade — eu digo ao mesmo tempo.

Ele larga o galho, mas permanece pendurado na parede. Escalar para ele é tão banal quanto andar para o restante de nós.

— Você vai ficar aí em cima? — pergunto, pois não sei o que dizer.

— Estou pensando nisso, Maddy. A Carla me falou para ficar o mais longe possível de você e ela não parece ser o tipo de senhora que se deva contrariar.

— Você pode descer — garanto. — A Carla não é assim tão assustadora quanto parece.

— Tudo bem. — Ele escorrega sem esforço para o chão, coloca as mãos nos bolsos, cruza os tornozelos e se apoia em uma parede. Não acho que eu já o tenha visto tão imóvel. Acho que ele tenta não me assustar.

— Talvez você deva entrar — ele sugere e só então me dou conta de que estou parada no batente da porta, segurando a maçaneta. Fecho a porta, mas não tiro os olhos do Olly. Os olhos dele também rastreiam todos os meus movimentos.

Depois de todas aquelas mensagens instantâneas, eu sentia como se o conhecesse, mas agora, com ele bem ali na minha frente, não sinto mais nada disso. Ele é mais alto do que eu pensava e tem muito mais músculos, embora não chegue a ser volumoso. Os braços são definidos, parecendo até terem sido esculpidos, e os bíceps preenchem as mangas da camiseta preta. Sua pele é bronzeada em um tom de dourado e deve ser quente ao toque.

— Você é diferente do que eu pensava — comento.

Ele abre um largo sorriso e uma covinha se forma bem debaixo do olho direito.

— Eu sei. Mais sexy, não é? Tudo bem, você pode confessar isso.

Solto uma gargalhada.

— Como você consegue carregar por aí esse ego tão grande e pesado?

— São os músculos — ele rebate, flexionando um dos bíceps e erguendo uma das sobrancelhas de forma cômica.

Parte do meu nervosismo desaparece, mas logo retorna quando ele me observa rir sem dizer nada por alguns segundos que parecem longos demais.

— O seu cabelo é mesmo bem comprido — ele observa. — E você nunca mencionou que tinha sardas.

— E eu deveria ter mencionado isso?

— Sardas podem ser um bom negócio. — Ele sorri e a covinha reaparece. Fofo.

Vou até o sofá e me sento. Ele apoia as costas na parede de pedra do outro lado da sala.

— Elas são a desgraça da minha existência — digo, referindo-me às sardas. É algo ridículo de se falar, é claro, a desgraça da minha existência é que eu sou doente e não posso sair de casa. Nós dois percebemos isso ao mesmo tempo e começamos a rir de novo.

— Você é divertida — ele diz depois que as gargalhadas cessam.

Eu sorrio. Nunca pensei em mim mesma como sendo uma garota divertida, mas estou feliz por ele achar isso.

Ficamos sem jeito por alguns momentos, sem saber o que dizer. O silêncio seria menos perceptível pelo programa de mensagens instantâneas. A gente poderia apelar para um sem-número de distrações. Mas agora, na vida real, parece que nós dois temos balõezinhos vazios em cima das nossas cabeças. Na verdade, o meu não está nada vazio, mas realmente não posso dizer ao Olly o quanto os olhos dele são bonitos. Eles têm a cor do Oceano Atlântico, exatamente como ele disse. É estranho porque é claro que eu já sabia disso. Mas a diferença entre saber e ver pessoalmente é a diferença entre sonhar que se está voando e voar de verdade.

— Esta sala é bem maluca — diz ele, olhando ao redor.

— É. Minha mãe a construiu para que eu pudesse me sentir como se estivesse lá fora.

— E funciona?

— Na maior parte dos dias. Eu tenho uma imaginação excelente.

— Você é realmente um conto de fadas. *Princesa Madeline e o castelo de vidro.* — Ele fica em silêncio novamente, como se estivesse ponderando a respeito de algo.

— Tudo bem, pode me perguntar — encorajo.

Ele está usando um elástico preto ao redor de um dos pulsos e lhe dá alguns puxões antes de continuar:

— Há quanto tempo você está doente?

— A minha vida inteira.

— E o que vai acontecer se você for lá fora?

— Minha cabeça vai explodir. Ou meus pulmões. Ou meu coração.

— Como você pode brincar com...?

Dou de ombros.

— E como eu não poderia? Além disso, tento não desejar as coisas que eu não posso ter.

— Você é como um mestre Zen. Você deveria dar aulas.

— Leva muito tempo para aprender. — Eu sorrio para ele.

Ele se agacha e então se senta encostado na parede, os antebraços sobre os joelhos. Apesar do Olly estar parado, posso sentir a necessidade de movimento sair dele. Esse garoto tem uma energia cinética.

— Que lugar você mais quer visitar?

— Além do espaço sideral?

— Sim, Maddy, além do espaço sideral. — Gosto do jeito com que ele fala Maddy, como se me conhecesse a vida inteira.

— A praia. O oceano.

— Quer que eu os descreva para você?

Faço que sim com a cabeça de um jeito mais vigoroso do que eu esperava. Meu coração acelera como se eu estivesse fazendo algo ilícito.

— Eu já vi fotos e vídeos, mas como é na verdade estar dentro d'água? É como tomar banho em uma banheira gigante?

— Tipo isso — ele fala devagar, como se estivesse pensando no assunto. — Não. Retiro o que disse. Tomar banho é relaxante. Estar no oceano é assustador. É molhado, gelado, salgado e mortal.

Isso é o que eu esperava.

— Você odeia o oceano?

Ele está sorrindo agora, aquecendo o assunto.

— Eu não odeio o mar. Eu o respeito. — Ele ergue um dos dedos indicadores. — Respeito. Trata-se da Mãe Natureza em seu estado mais refinado: impressionante, linda, impessoal, mortífera. Pense: toda aquela água e mesmo assim você pode morrer de sede. E o ponto é que as ondas sugam os seus pés lá para baixo, por isso é que nos afogamos tão depressa. O oceano pode engolir você inteira e depois arrotá-la sem deixar o menor sinal de que um dia você esteve por ali.

— Ah, meu Deus, você está me deixando assustada!

— E olha que nem chegamos na parte dos grandes tubarões-brancos, ou dos crocodilos de água salgada, dos peixes-agulha da Indonésia ou...

— Tudo bem, tudo bem — digo, começo a rir e ergo as mãos para que ele pare.

— Não estou brincando — ele diz com uma seriedade fingida. — O oceano vai matar você. — Ele pisca para mim. — No fim das contas, a Mãe Natureza é uma mãe bem má.

Estou muito ocupada rindo para falar o que quer que seja.

— E então, o que mais você quer saber?

— Depois disso? Nada!

— Qual é! Eu sou uma fonte de conhecimento.

Ele se põe de pé em um piscar de olhos e começa a avaliar a sala com ar crítico.

— Tem espaço suficiente. Vamos sair... — Ele se detém no meio da frase. — Droga, Maddy, desculpe.

— Pare. — Eu me levanto e estendo uma das mãos. — Não se sinta culpado por minha causa. — Eu digo isso de forma rude, mas é um ponto importante. Não suportaria perceber que ele sente pena de mim.

Ele puxa o elástico, balança a cabeça uma vez e lá vamos nós.

— Eu consigo fazer uma parada de mão com apenas um dos braços.

Ele dá um passo à frente da parede e simplesmente cai para trás até que fique de cabeça para baixo se apoiando sobre as mãos. É um movimento tão gracioso e fácil que por um momento me sinto tomada pela raiva. Como deve ser ter total confiança em seu corpo, e o que seria possível fazer?

— Isso é incrível — eu sussurro.

— Você não está na igreja — Olly retruca em um tom que fica no meio do caminho entre um sussurro e um grito, levemente arfante devido ao fato de ele estar de cabeça para baixo.

— Eu não sei. Tive a impressão de que eu deveria ficar em silêncio.

Ele não responde. Em vez disso, fecha os olhos, lentamente remove a mão esquerda do chão e fica com ela erguida ao lado do corpo. A camiseta dele fica pendurada e posso ver os músculos rígidos do abdômen. A pele tem a mesma cor bronzeada. Desvio os olhos.

— Ok — digo. — Você pode parar agora.

Ele fica novamente de pé antes que eu possa piscar.

— O que mais você sabe fazer?

Ele esfrega uma mão na outra e sorri de volta para mim.

Olly dá uma pirueta para trás e se senta novamente com as costas apoiadas na parede. Ele fecha os olhos.

— E então, por que o espaço sideral? — ele pergunta.

Dou de ombros.

— Quero ver o mundo, eu acho.

— Acho que quando a maioria das pessoas fala em "ver o mundo", não é bem isso o que elas querem dizer — ele comenta, sorrindo.

Faço que sim com a cabeça e também fecho os olhos.

— Você já sentiu... — eu começo, mas a porta se abre e Carla entra correndo.

— Vocês não se tocaram, certo? — ela pergunta com as mãos nos quadris.

Nós dois abrimos os olhos e encaramos um ao outro. Logo de imediato, me torno consciente do corpo dele e do meu.

— Não houve nenhum toque — Olly confirma, seus olhos ainda fixos em meu rosto. Algo em seu tom de voz me deixa corada de vergonha e uma onda de calor atravessa devagar a minha cara e o meu peito.

Combustão espontânea é uma coisa totalmente possível. Tenho certeza disso.

DIAGNÓSTICO

webdoc.com

RHOPALOCERA HISTÉRICA ABDOMINAL

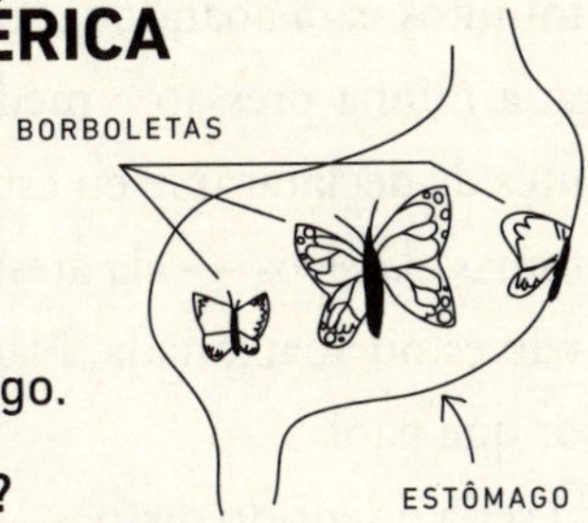

A condição de se ter uma ou mais borboletas-monarcas fixando residência no estômago.

QUEM É AFETADO PELA RHA?

O mal afeta pelo menos uma adolescente norte-americana a cada 30 segundos.

SINTOMAS

- Náusea
- Aceleração dos batimentos cardíacos
- Dificuldade para manter o foco
- Estômago "revirando"
- Confusão mental

CAUSAS

Episódios de RHA em geral são causados pelo contato em que há um interesse romântico. Portadores de RHA sofrem dos sintomas descritos não apenas durante o contato, mas também antes e depois. Pacientes portadores da forma mais aguda da doença podem sofrer um episódio simplesmente ao pensar no interesse romântico. Combinada com uma incapacidade de parar de pensar no dito interesse, a doença [leia mais]

PERSPECTIVAS

ANTES DA CARLA CHEGAR na manhã seguinte, passo exatamente treze minutos na cama convencida de que estou ficando doente. Ela leva exatamente seis minutos para abandonar essa possibilidade. Carla tira a minha temperatura, a minha pressão e mede o intervalo dos meus batimentos cardíacos antes de declarar que eu estou simplesmente apaixonada.

— Sintomas clássicos — ela atesta.

— Eu não estou apaixonada. Não posso estar apaixonada.

— E por que não?

— Qual seria o sentido disso? — digo, jogando as mãos para o ar. — Uma pessoa como eu apaixonada seria como um crítico de comida sem papilas gustativas. Seria como um pintor que vê tudo em preto e branco. Seria como...

— Uma pessoa que nada pelada sozinha.

Tenho de rir ao ouvir essa.

— Exatamente — digo. — Não faria o menor sentido.

— Claro que faria sentido. — Ela olha para mim, séria. — Só porque você não pode experimentar tudo não quer dizer que você não possa experimentar algumas coisas. Além disso, se apaixonar faz parte da vida.

— Não estou apaixonada — insisto.

— E você também não está doente — ela retruca. — Então, não há nada com que se preocupar.

Durante o restante da manhã, me sinto muito distraída para ler ou fazer o dever de casa. Apesar da Carla garantir que eu não estou ficando doente, me flagro prestando atenção demasiada em meu corpo e em como estou me sentindo. Será que as pontas dos meus dedos estão formigando? Elas por acaso costumam ficar assim? Por que parece que não consigo controlar minha respiração? Quantas vezes um estômago é capaz de revirar antes de dar um nó de vez? Peço à Carla para checar mais uma vez os meus sinais vitais, e os resultados são todos normais.

À tarde, me dou conta de que a Carla deve estar tramando alguma coisa. Posso até não estar *apaixonada*, mas estou *gostando* de alguém. Estou *gostando* seriamente de alguém. Fico vagando pela casa sem rumo, vendo Olly em todos os lugares. Eu o vejo na cozinha preparando pilhas de torradas para o jantar. Eu o vejo na sala sofrendo com *Orgulho e Preconceito* junto comigo. Eu o vejo no meu quarto, seu corpo vestido de preto, dormindo no meu sofá branco.

E não é só o Olly que eu vejo. Minha imagem flutuando bem no alto, sobre a Terra, não sai da minha cabeça. Nas profundezas do espaço, posso ver todo o mundo de uma vez só. Meus olhos não são detidos por uma parede ou uma porta. Posso ver o início e o fim dos tempos. Dali, posso ver o infinito.

Pela primeira vez em muito tempo, desejo mais do que aquilo que tenho.

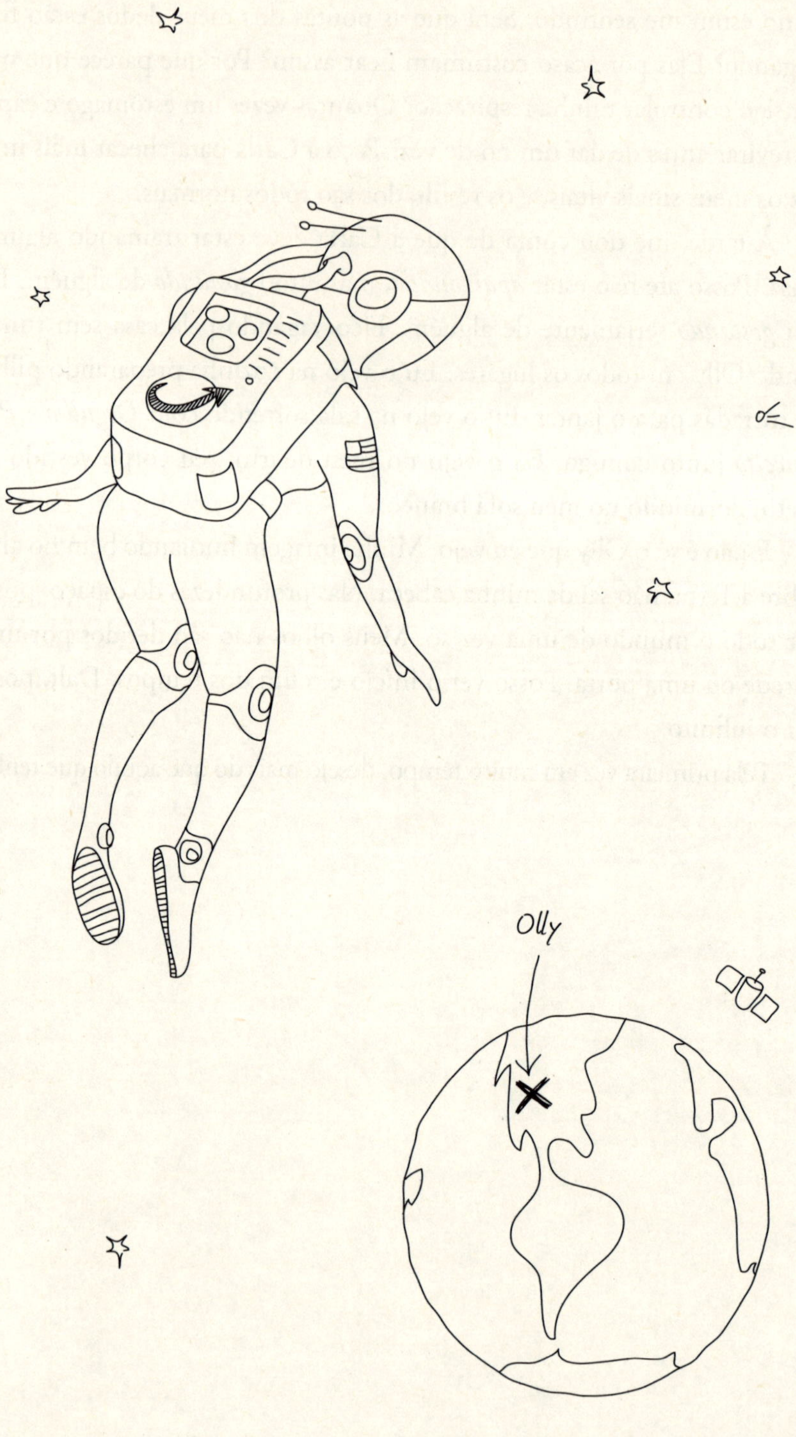
Olly

PAÍS DAS MARAVILHAS

E É ESSE DESEJO QUE me puxa de volta para a Terra com toda a força. Esse desejo me assusta. É como uma erva daninha que se espalha devagar, sem que você se dê conta. Antes que você perceba, ela já se infiltrou nas suas paredes e escureceu as janelas.

Enviei um único e-mail para o Olly. Eu disse que fiquei realmente ocupada nesse fim de semana, que eu precisava dormir. Eu disse que precisava me concentrar. Fechei o computador, tirei da tomada e o enterrei debaixo de uma pilha de livros. Carla ergueu uma única sobrancelha em minha direção. Eu, por minha vez, baixei as duas sobrancelhas para ela, deixando bem claro que não lhe daria nenhuma explicação.

Passei a maior parte do sábado sofrendo com exercícios de cálculo. Matemática é a matéria de que eu menos gosto e aquela na qual tenho mais dificuldade. É possível que esses dois fatos tenham alguma relação. À noite, voltei a reler uma edição anotada e ilustrada de *Alice no País das Maravilhas*. Mal percebi quando a Carla arrumou as coisas dela para ir embora no fim do dia.

— Vocês brigaram? — perguntou ela, enquanto meneava a cabeça na direção do meu laptop.

Eu balanço a cabeça indicando que não, mas não digo mais nada.

No domingo, o desespero para checar o meu e-mail é profundo. Imagino minha caixa de entrada lotada com e-mails sem assunto do Olly. Será que ele está me perguntando mais Cinco Favoritos Sem Pensar? Será que ele quer alguma companhia, uma fuga de sua família?

— Você está bem — Carla afirma no caminho até a porta naquela noite. Ela beija a minha testa e sou uma garotinha novamente.

Levo *Alice* para o meu sofá branco e me acomodo. Carla está certa, é claro. Eu estou bem, mas, assim como Alice, estou apenas tentando não me perder. Continuo a pensar no verão em que completei oito anos. Passei tantos dias com a testa contra a parede de vidro que criei um galo por causa do meu desejo fútil. No início, eu só queria olhar para o lado de fora da janela. Mas, então, logo em seguida, eu queria ir para o lado de fora. E depois eu queria brincar com as crianças da vizinhança, brincar com todas as crianças em todos os lugares, ser normal por apenas uma única tarde, um dia, uma vida.

Por isso, eu não checo meu e-mail. De uma coisa eu tenho certeza: a vontade só leva a mais vontades. Não há limite para o desejo.

A VIDA É CURTA®

RESENHAS COM SPOILERS POR MADELINE

ALICE NO PAÍS DAS MARAVILHAS, DE LEWIS CARROLL

Alerta de spoiler: Cuidado com a Rainha de Copas. Ela vai cortar sua cabeça.

TORNA VOCÊ MAIS FORTE

NÃO HÁ NENHUM e-mail do Olly. Nem unzinho. Chequei até a minha pasta de spam. Isso não deveria me chatear e não chateou. Não me chateou muito. Não foi nada profundo. Atualizo a página do e-mail mais três vezes em dois segundos. Talvez as mensagens estejam apenas escondidas em algum lugar, atrás de alguma outra.

Carla entra no quarto quando estou prestes a atualizar de novo.

— Assim você vai acabar quebrando o teclado.

— Bom dia para você também — digo, apertando os olhos para a tela.

Ela sorri e começa seu ritual diário de tirar coisas de sua maleta médica. Por que ela não deixa esse equipamento logo de uma vez aqui em casa é um mistério.

— Por que você está fazendo careta? Outro vídeo de gato morto? — Ela sorri mostrando todos os dentes, bem no estilo do Gato de Cheshire. A qualquer momento o corpo dela vai desaparecer, deixando apenas um sorriso flutuando pelo quarto.

— O Olly não me mandou nenhum e-mail.

Acredito que *perplexa* seja a palavra que melhor resume a cara dela.

— Durante todo o fim de semana — informo a título de iluminação.

— Entendo. — Ela coloca o estetoscópio nas orelhas e o termômetro sob a minha língua.

— Você mandou algum e-mail para ele?

— Mantchei — respondo com o termômetro na boca.

— Não fale. Só balance a cabeça.

— Xim.

Ela revira os olhos e espera pelo bipe.

— Trinta e sete e meio — informo e passo o termômetro para ela. — Eu basicamente disse para ele não me escrever. Estou sendo ridícula?

Carla faz um gesto para que eu me vire para que ela possa auscultar meus pulmões, mas não responde.

— O quanto sou ridícula? — provoco. — Em uma escala de um a dez, com um sendo totalmente racional e razoável e dez sendo absurdo e maluco.

— Uns oito — diz ela sem hesitar.

Eu estava esperando que ela fosse falar doze, de forma que oito parece uma vitória. Digo isso para Carla e ela ri de mim.

— Então você disse a ele para não escrever e então ele não escreveu. É isso que você está me contando?

— Bem, eu não disse NÃO ESCREVA em letras garrafais ou qualquer coisa do tipo. Eu só falei que estava ocupada. — Achei que a Carla fosse rir da minha cara, mas ela não fez isso.

— Por que você não escreveu para ele?

— Por causa do que a gente conversou. Eu gosto dele, Carla. Muito. Mais do que deveria.

Ela me olha com aquela cara de *é só isso?*

— Você realmente quer perder o melhor amigo que já teve porque está sofrendo um pouco por amor?

Eu já li muitos, muitos livros que falavam sobre pessoas que sofriam por amor. Nenhum deles descrevia essa dor como sendo algo que pudesse ser sentido com pouca intensidade. Eles a citavam como sendo uma coisa que despedaçava sua alma e destruía o seu mundo. Não como algo que podia ser sentido de forma branda.

Ela se apoia no sofá.

— Você ainda não sabe, mas isso vai passar. Isso só acontece porque esse é um sentimento novo e você está cheia de hormônios.

Talvez Carla esteja certa. Quero que ela esteja certa, pois assim conseguirei falar com Olly de novo.

Ela se inclina para a frente e pisca para mim.

— Além disso, ele é um gatinho.

— Ele é *muito* gatinho, né? — Dou uma risadinha.

— Querida, eu não acho que façam mais garotos como ele hoje em dia!

Também solto uma gargalhada e imagino uma fábrica com pequenos Ollys saindo de uma linha de produção. Como será que eles conseguem fazê-lo ficar quieto o suficiente para colocá-lo dentro de uma caixa e enviar pelo correio?

— Anda! — Ela me dá um tapa no joelho. — Você já tem muitas coisas para temer. O amor não vai te matar.

NÃO SIM TALVEZ

Segunda-feira, 20:09

Madeline: Oi.

Olly: e aí?

Madeline: Como você está? Como foi o seu fim de semana?

Olly: tudo bem. bom

Olly: e o seu?

Madeline: Bom, mas movimentado. Passei praticamente o tempo todo fazendo o meu dever de casa de cálculo.

Olly: ahh, cálculo. a matemática da mudança

Madeline: Uau. Você não estava mesmo brincando quando disse que gostava de matemática?

Olly: não

Madeline: Desculpe pelo meu e-mail.

Olly: por qual parte?

Madeline: Todas. Você está chateado comigo? Não, sim, talvez?

Olly: não sim talvez

Madeline: Não acho que você deveria usar todas as respostas.

Olly: Por que você me mandou esse e-mail?

Madeline: Fiquei com medo.

Olly: de quê?

Madeline: De você.

Madeline: Você também não me escreveu.

Olly: você não queria que eu escrevesse

Madeline: ...

Olly: essas reticências significam que estamos enfrentando um silêncio constrangedor ou que você está pensando?

Madeline: Os dois.

Madeline: Por que você gosta tanto de matemática?

Olly: por que você gosta tanto de livros?

Madeline: Uma coisa não tem nada a ver com a outra!

Olly: por que não?

Madeline: Você pode encontrar o sentido da vida em um livro.

Olly: a vida tem um sentido?

Madeline: Você não está falando sério.

Olly: é uma possibilidade

Olly: em que livro a gente encontra o sentido da vida?

Madeline: Tudo bem, talvez não seja possível encontrar o sentido da vida em um único livro, mas se a pessoa ler bastante, ela chega lá.

Olly: é esse o seu plano?

Madeline: Bem, eu tenho tempo suficiente.

Madeline: ...

Olly: pensando?

Madeline: Sim. Tenho a solução para o nosso problema.

Olly: na escuta

Madeline: Vamos combinar que seremos apenas amigos, ok?

Olly: ok

Olly: mas aí você não vai mais poder conferir os meus músculos

Madeline: Amigos, Olly!

Olly: e os meus olhos

Madeline: E você para de falar sobre as minhas sardas.

Madeline: E o meu cabelo.

Olly: e os seus lábios

Madeline: E a sua covinha.

Olly: você gosta da minha covinha?

Madeline: Amigos!

Olly: ok

TEMPO

CARLA NOS FAZ ESPERAR uma semana até que possamos nos ver de novo. Ela quer ter certeza absoluta de que estar na mesma sala que Olly não disparou nenhum dos meus gatilhos de doenças. Apesar de eu concordar com ela que devemos esperar para ter certeza só por uma questão de segurança, a semana parece interminável. Estou meio que convencida que o tempo literalmente, e não apenas de forma metafórica, começou a passar mais devagar, mas esse é aquele tipo de coisa que entraria para a história.

42 NOME DO PROJETO *Técnicas para a passagem do tempo* CADERNO NO. 29

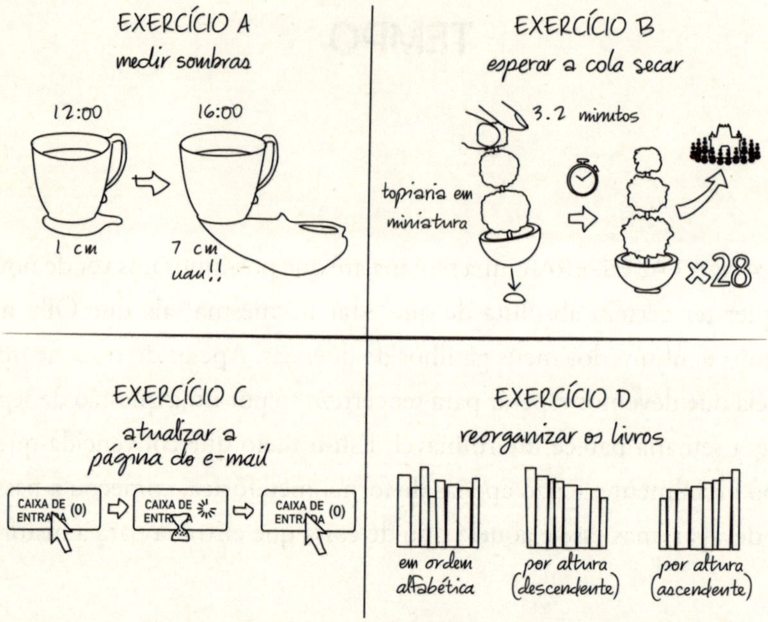

GRÁFICO: TEMPO PERCEBIDO VERSUS TEMPO REAL

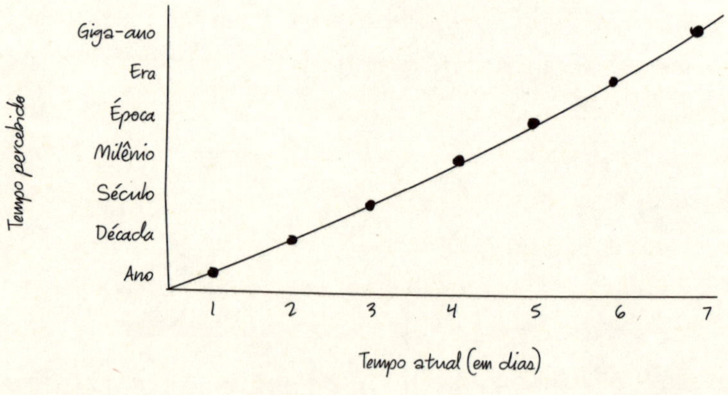

ASSINATURA ______________________

LIDO + COMPREENDIDO ______________________

ESPELHO, ESPELHO MEU

DEPOIS DE UMA ÉPOCA, a semana finalmente terminou. Estou me sentindo tonta e tentando não me sentir assim, o que é mais difícil do que se imagina. Tentar não sorrir apenas faz com que você sorria mais ainda.

Carla me observa enquanto luto para escolher o que vestir. Eu nunca liguei muito para essas coisas. Na verdade, jamais pensei no assunto. Meu armário em sua totalidade consiste em camisetas brancas e calças jeans. Os jeans são organizados por tipo — reto, skinny, bootcut, largo, aqueles ridiculamente chamados de "boyfriend". Meus sapatos — todos Keds, todos brancos — estão empilhados em um canto. Quase nunca uso sapatos em casa e agora não tenho certeza se vou conseguir encontrar um par que ainda caiba em mim. Ruminando sobre a pilha, encontro um pé esquerdo e outro direito do mesmo tamanho. Eles servem, mas por pouco não ficam apertados. Vou para a frente do espelho. A camiseta deve combinar com os sapatos ou será que é a bolsa? Será que branco é a melhor cor para a minha pele acastanhada? Faço uma anotação mental de que preciso fazer compras mais tarde. Vou comprar uma camiseta de cada cor até encontrar alguma que caia melhor em mim.

Pela quinta vez eu pergunto à Carla se a minha mãe já saiu.

— Você conhece a sua mãe — ela diz. — Ela por acaso já se atrasou alguma vez na vida?

Minha mãe acredita na pontualidade como outras pessoas acreditam em Deus. O tempo é precioso, ela diz, e é rude fazer com que a outra pessoa perca o tempo dela. Não tenho nem mesmo permissão para me atrasar para nossos Jantares de Sexta-Feira.

Eu me olho no espelho e troco a camiseta branca com gola em V por uma branca com decote canoa por nenhum motivo específico. Só para ter alguma coisa para fazer enquanto espero pelo Olly.

Desejo mais uma vez contar tudo para a minha mãe. Quero perguntar a ela por que fico sem ar quando penso nele. Quero compartilhar meu estado de total idiotice. Quero contar todas as coisas engraçadas que o Olly diz. Quero contar como não consigo parar de pensar nele por mais que eu tente o contrário. Quero perguntar se era assim que ela se sentia em relação ao meu pai no início.

Falo para mim mesma que está tudo bem. Não fiquei doente depois da última vez que o vi e o Olly conhece as regras — nada de tocar, tratamento de descontaminação completo, nada de visitas se ele suspeitar que está ficando doente.

Falo para mim mesma que não há mal nenhum em mentir para a minha mãe. Falo para mim mesma que não vou ficar doente. Falo para mim mesma que não há mal nenhum em ter um amigo.

Que a Carla está certa e o amor não pode me matar.

PREVISÃO

OLLY ESTÁ NOVAMENTE na parede quando entro na sala. Dessa vez, ele escalou até o topo.

— As pontas dos seus dedos não ficam cansadas? — pergunto.

— Eu as mantenho sob um regime de exercícios bastante puxado. — Ele sorri para mim. Sinto uma leve pontada no estômago com a qual eu realmente terei de me acostumar, já que esse é um efeito colateral de vê-lo.

Eu estive nesta sala ontem, fazendo o meu dever de casa. Sei que ela está exatamente do mesmo jeito que eu a deixei, só que sua aparência e a sensação que ela causa em mim são bem diferentes. A sala está muito mais viva com Olly dentro dela. Se todas as plantas e árvores falsas ganhassem vida neste momento, eu não ficaria surpresa.

Caminho até o sofá e me sento no canto mais afastado dele.

Olly desce, senta-se no chão, apoia as costas na parede e cruza as pernas.

Dobro as pernas debaixo do meu corpo, ajeito minha massa de cabelo e cruzo os braços sobre o peito. O que acontece quando estou na mesma sala que ele que me faz tomar consciência de todas as partes do meu corpo? Ele faz com que eu me torne consciente até mesmo da minha pele.

— Você está calçando sapatos hoje — ele nota. Olly é definitivamente uma pessoa atenta, o tipo de garoto que saberia se você ajeitou um quadro ou acrescentou mais um vaso à sala.

Olho para os meus sapatos.

— Tenho nove pares iguaizinhos a este.

— E você ainda reclama das minhas escolhas de roupa.

— Você só se veste de preto! Isso lhe dá uma aparência sepulcral.

— Preciso de um dicionário para conversar com você.

— Algo procedente ou relacionado a sepulcro.

— Essa definição não ajudou muito.

— Basicamente você é um anjo da morte.

Ele sorri para mim.

— A Dona Foice me levou, não é mesmo? Pensei que eu conseguisse esconder isso.

Ele muda de posição. Agora está deitado de costas, os joelhos dobrados e as mãos entrelaçadas atrás da cabeça.

Mudo também de posição sem nenhum motivo, aproximando as pernas do peito e envolvendo-as com os braços. Nossos corpos estão conversando independentemente de nós dois. Será que essa é a diferença entre uma amizade e alguma outra coisa? Essa consciência que eu tenho a respeito dele?

Os filtros de ar continuam a realizar seu trabalho, fazendo um zumbido sob o som do ventilador.

— Como isso funciona? — Os olhos dele inspecionam o teto.

— É industrial. As janelas estão lacradas, de forma que o ar só entra através dos filtros no teto. Nada que meça mais de 0.3 micrômetro entra aqui. E também o sistema de circulação troca completamente todo o ar da casa a cada quatro horas.

— Uau. — Ele se vira para olhar para mim e eu posso vê-lo tentando entender quão doente eu estou.

Olho para o outro lado.

— A indenização pagou por tudo isso. — Antes que ele tenha a oportunidade de perguntar, acrescento: — O caminhoneiro que matou o meu pai e o meu irmão dormiu ao volante. Ele já estava trabalhando há três turnos sem parar. Eles pagaram uma indenização para a minha mãe.

Ele vira a cabeça novamente para o teto.

— Sinto muito.

— É estranho, porque na verdade eu não me lembro deles. O que significa que eu não me lembro de nada. — Tento ignorar o sentimento que surge quando penso neles. É uma tristeza que não é exatamente tristeza e depois vem a culpa. — É estranho perder algo que você nunca teve ou que, de qualquer forma, não se lembra de ter tido.

— Não é assim tão estranho — ele diz. Ambos ficamos em silêncio e ele fecha os olhos. — Você já imaginou como seria a sua vida se você pudesse mudar pelo menos uma única coisa?

Eu não costumava pensar nisso, mas a partir desse momento começo a imaginar. E se eu não fosse doente? E se o meu pai e o meu irmão não tivessem morrido? Evitar imaginar coisas impossíveis foi a forma que eu encontrei para me tornar relativamente zen.

— Todo mundo acha que é especial — ele continua. — Todo mundo é tão único quanto um floco de neve, não é? Somos todos únicos e complicados. Talvez a gente nunca conheça o coração humano, não é o que dizem por aí?

Faço que sim com a cabeça devagar. Com toda a certeza eu concordo com o que ele acabou de dizer, mas tenho certeza quase na mesma medida que vou discordar do que virá em seguida.

— Acho que isso não faz o menor sentido. Nós não somos flocos de neve. Somos apenas reações provenientes de um conjunto de ações.

Paro de concordar com a cabeça.

— Como uma fórmula?

— Exatamente como uma fórmula. — Ele dá um impulso com os cotovelos para se sentar e olha para mim. — Acho que há uma ou duas ações que importam mais. É só descobrir quais são elas que você já conhece a pessoa logo de cara. Você pode predizer qualquer coisa a respeito dela.

— Sério? E agora, o que sobrou para eu dizer?

Ele pisca para mim.

— Você acha que eu sou um bruto, um herege, um...

— Um excêntrico — completo para ele. — Fala sério. Você não acha que nós somos equações matemáticas.

— Pode ser. — Ele se deita de novo.

— Mas como você sabe que uma ação pode mudar as coisas? — pergunto.

Ele solta um suspiro longo e sofrido.

— É, esse é o problema. Mesmo se eu soubesse qual é a ação que muda tudo, o quanto você realmente deve mudar as coisas? E se você não conseguir mudar a questão exatamente da forma que imaginou? E também não é possível prever a nova ação que vai se suceder. Talvez você torne as coisas ainda piores. — Ele se senta de novo. — Imagine então que você pudesse mudar apenas aquelas determinadas ações antes de elas darem errado. — Ele pronuncia a última parte em voz baixa, com a frustração de alguém que está tentando há muito tempo resolver um problema insolucionável. Nossos olhos se encontram e ele parece sem graça, como se houvesse revelado mais do que era a sua intenção.

Ele se deita novamente e cobre os olhos como um dos antebraços.

— O problema é a teoria do caos. Há muitas ações na fórmula e até mesmo a menor delas faz mais diferença do que você é capaz de imaginar. E é impossível medir a importância delas com precisão. Mas, se você conseguir fazer isso, poderá criar uma fórmula que vai predizer o clima, o futuro, as pessoas.

— Mas a teoria do caos não diz que é impossível fazer isso?

— É.

— Então você precisou de um monte de teorias matemáticas para se dar conta de que as pessoas são imprevisíveis?

— Você já tinha descoberto isso, não é?

— Livros, Olly! Eu aprendi isso nos livros.

Ele solta uma gargalhada, vira-se para um dos lados e ri ainda mais. Ele é contagiante e logo estou rindo também, todo o meu corpo responde ao do Olly. Procuro a covinha na qual eu não deveria mais prestar atenção. Quero colocar o meu dedo nela e fazer com que ele sorria para sempre.

Talvez não possamos prever tudo, mas podemos prever algumas coisas. Por exemplo, com toda a certeza eu vou me apaixonar pelo Olly.

E é quase certo que isso será um desastre.

DICIONÁRIO DA MADELINE

ob.ses.são (obi.se.s'ɐ̃w) *s.f.* *pl.*-ões 1. interesse profundo (e completamente justificável) em algo (ou alguém) profundamente interessante. [2015, *Whittier*]

SEGREDOS

MEUS BATE-PAPOS constantes com Olly pela internet estão me consumindo. Caí no sono durante não apenas uma, mas duas noites de filme com a minha mãe. Ela está começando a se preocupar com a possibilidade de haver alguma coisa errada, que o meu sistema imunológico esteja comprometido de alguma forma. Digo a ela que é mais simples que isso. Só não estou dormindo bem. Acho que entendo por que, dada a nossa situação, seu cérebro de médica logo imagina o pior. Ela me fala o que eu já sei, a falta de sono não é nada boa para alguém nas minhas condições. Prometo que vou melhorar. Naquela noite, só converso com Olly pela internet até as duas da manhã e não até as três, como costumávamos a fazer.

Eu me sinto estranha por não contar nada para a minha mãe, não contar sobre *alguém* que está se tornando tão importante para mim. Minha mãe e eu estamos nos distanciando. E não é porque o Olly está ocupando o lugar dela. Estamos nos distanciando porque pela primeira vez na vida tenho um segredo.

OBRIGADA POR COMPRAR CONOSCO

Email

ESCREVER

ENTRADA
ENVIADOS
RASCUNHOS
LIXEIRA
MAIS ▾

1 de 2,902

Obrigada por comprar na Blue Tag

bt Para mim

FORMA DE PAGAMENTO
Pauline Whittier
Visa **** **** **** 4492
TOTAL: $234,93

ITEM	DESCRIÇÃO	QTD	PREÇO
	Camiseta Clássica (laranja-vivo)	1	$29.99
	Camiseta Clássica (azul-estático)	1	$29.99
	Camiseta Clássica (musgo-enlevado)	1	$29.99
	Camiseta Clássica (ocre-intolerável)	1	$29.99
	Camiseta Clássica (preto-impaciente)	1	$29.99
	Camiseta Clássica (branco-tenso)	1	$29.99
	Sapatos de lona (azul-frívolo)	1	$54.99

NUMEROLOGIA

NÚMERO DE:

minutos que o pai do Olly levou para começar a gritar depois de chegar em casa na noite passada:

8

reclamações sobre a porcaria do rosbife que cozinhou demais de novo:

4

vezes que a mãe do Olly pediu desculpas:

6

vezes que o pai do Olly chamou a Kara de droga de aberração por usar esmalte preto:

2

minutos que a mãe do Olly levou para remover o esmalte da unha de Kara:

3

vezes que o pai do Olly mencionou que ele sabia que alguém bebeu a porcaria do uísque dele:

5

que ele é o cara mais esperto naquela casa:

2

que ninguém deve esquecer que é ele quem ganha todo o dinheiro:

2

trocadilhos engraçados que tive de fazer para que o Olly se sentisse levemente melhor quando conversamos pela internet às 3 da manhã:

5

vezes que ele escreveu "isso não importa" durante nossa conversa:

7

horas de sono na noite passada:

0

cigarros que a Kara enterrou no jardim essa manhã:

4

roxos visíveis na mãe do Olly:

0

roxos invisíveis:

incertos

hora até eu ver o Olly de novo:

0,5

OLLY DIZ

ELE NÃO ESTÁ NA parede quando o vejo de novo no dia seguinte. Em vez disso, está no que começo a achar que é sua posição de descanso: balançando levemente o corpo, equilibrado sobre os calcanhares com as mãos enfiadas nos bolsos.

— Oi — eu o cumprimento da porta, esperando que o meu estômago comece a fazer a dança maluca do Olly.

— E aí? — A voz dele é baixa e um tanto rouca devido à falta de sono. — Obrigada pelo papo ontem. — Os olhos dele me acompanham durante todo o meu caminho até o sofá.

— Disponha. — Minha própria voz também está sussurrada e áspera. Ele parece mais pálido do que o normal e os ombros desmoronam um pouco para a frente, mas mesmo assim ele não para quieto.

— Às vezes eu só queria desaparecer e deixá-los para trás — ele confessa, envergonhado.

Quero dizer algo, não apenas isso, mas sim dizer a coisa *perfeita* para confortá-lo, para fazê-lo esquecer da família por alguns minutos, mas não consigo pensar em nada. É por isso que as pessoas tocam as outras. Em certas ocasiões, as palavras simplesmente não são suficientes.

Nossos olhos se encontram e, já que não posso abraçá-lo, envolvo bem apertado os braços ao redor da minha própria cintura.

Os olhos do Olly se erguem até o meu rosto como se ele tentasse se lembrar de algo.

— Por que eu sinto como se conhecesse você desde sempre?

Eu não sei, mas também sinto o mesmo. Ele para de se mover, chegando à conclusão de que precisava.

Ele diz que nosso mundo pode mudar em um único momento.

Ele diz que ninguém é inocente, a não ser talvez você, Madeline Whittier.

Ele diz que o pai dele não foi sempre desse jeito.

TEORIA DO CAOS

UM OLLY DE DEZ anos e o pai dele estão à mesa no café da manhã na velha cobertura deles em Nova York. É época de Natal e está nevando lá fora, ou talvez tenha acabado de parar. Essa é uma memória, de modo que os detalhes são um pouco incertos.

O pai dele fez chocolate quente. Ele é um especialista e se orgulha de prepará-lo com lascas de chocolate. Ele derrete barras de chocolate raladas e usa leite integral, "com cem por cento de gordura". Ele pega a caneca favorita do Olly, coloca uma camada de chocolate e acrescenta 200 ml de leite quente, aquecido quase a ponto de ferver no fogão — nunca no micro-ondas. Olly mistura o leite e o chocolate enquanto o pai pega o creme, também recém-preparado, na geladeira. O creme é apenas levemente adoçado, o tipo de doce que faz você querer mais. Ele coloca uma colherada, talvez duas, na caneca do Olly.

Olly ergue a caneca e sopra o creme já derretido, que desliza pela superfície como um iceberg em miniatura. Ele olha para o pai por sobre a caneca, tentando avaliar qual seria o seu humor naquele dia.

Nos últimos tempos, o pai andava de mau humor, pior que o normal.

— Newton estava errado — o pai dele diz. — O universo não é determinista.

Olly bate com os pés no chão repetidas vezes. Ele ama quando o pai fala com ele desse jeito, "mano a mano", como se ele fosse um adulto, apesar de nem sempre entender o que o pai diz. Eles passaram a ter mais esse tipo de conversa depois que o pai foi suspenso do trabalho.

— O que isso significa? — Olly pergunta.

O pai sempre espera que ele pergunte antes de explicar o que quer que seja.

— Significa que uma coisa não leva sempre à outra. — Ele toma um gole de chocolate quente. Por algum motivo, o pai nunca sopra algo quente antes de beber. Ele simplesmente manda o líquido direto para dentro. — Significa que você pode fazer qualquer *porcaria* certa e mesmo assim sua vida pode se transformar numa merda.

Olly segura o gole de chocolate quente na boca e encara a caneca.

Há algumas semanas a mãe do Olly explicou que o pai deles ia ficar em casa por um tempo até que as coisas melhorassem no trabalho. Ela não contou o que havia de errado, mas Olly entreouviu palavras como "fraude" e "investigação". Ele não tem muita certeza do que qualquer uma delas significa, apenas que o pai parece amar Olly, Kara e a mãe deles um pouco menos que antes. E quanto menos ele parece amá-los, mais eles se esforçam para serem amados.

O telefone toca e o pai dele corre para atendê-lo.

Olly dá um grande gole no chocolate quente e escuta.

No início, o pai faz a mesma voz que utiliza no trabalho, que é raivosa e relaxada ao mesmo tempo. Entretanto, por fim, a voz se torna apenas irada.

— Você está me demitindo? Você acabou de me dizer que aqueles babacas estavam limpando a minha barra.

Ele coloca a caneca sobre a mesa e escorrega no banco.

O pai caminha de um lado para o outro na cozinha. Seu rosto é uma tempestade.

— Eu não ligo para a *porcaria* do seu dinheiro. Não faça isso, Phil. Se você me demitir, todo mundo vai pensar que...

Ele para de andar e segura o telefone afastado da orelha. Não fala nada por um longo minuto.

Olly também fica parado, torcendo para que o que quer que o Phil diga em seguida, isso resolva tudo.

— Meu Deus do céu. Vocês não podem fazer isso comigo. Todos vão se afastar de mim depois disso.

Olly quer ir até o pai e dizer que tudo ficará bem, mas não pode fazer isso. Ele escapole da cozinha, levando seu chocolate.

A primeira vez que o pai do Olly ficou bêbado durante a tarde, violentamente bêbado, bêbado-a-ponto-de-gritar-com-toda-a-força-de-seus-pulmões, bêbado-a-ponto-de-no-dia-seguinte-não-lembrar-do-que-aconteceu foi só alguns meses depois. Ele ficou em casa o dia todo, discutindo com programas sobre finanças na televisão. Um dos âncoras mencionou o nome de sua antiga empresa e ele teve um acesso de raiva. Colocou uísque em um copo alto e depois acrescentou vodca e gim. Misturou tudo com uma colher comprida até que a mistura deixasse de apresentar a cor de âmbar pálida do uísque e em vez disso se parecesse mais com água.

Olly observou a cor desbotar no copo e lembrou do dia em que o pai fora demitido e como sentiu medo de confortá-lo. Se ele tivesse agido de outra forma, será que as coisas seriam diferentes naquele momento? E se fossem?

Ele lembrou como o pai havia dito que uma coisa nem sempre leva à outra.

Olly se lembrou de estar sentado à mesa do café da manhã e misturar o leite e o chocolate. De como o chocolate ficou branco, o leite se tornou marrom e de como às vezes não dá para separar as coisas, não importa o quanto você queira fazer isso.

71 NOME DO PROJETO *Fórmula do Olly* CADERNO NO. *30*

Encontre Z na seguinte equação

$$X + Y = Z$$

Onde X é desconhecido e impossível de ser descoberto
e onde Y é desconhecido e impossível de ser descoberto.

ASSINATURA

LIDO + COMPREENDIDO

UM CONTO DE DUAS MADDYS

— A SUA MÃE QUER saber se percebi alguma coisa de diferente em você ultimamente — diz a Carla do outro lado da sala de estar.

Estou assistindo ao primeiro *Missão Impossível* com Tom Cruise. Ele faz o papel de um superespião, Ethan Hunt, que vive uma vida dupla, às vezes tripla e até mesmo quádrupla. Está perto do fim e o Ethan acabou de desmascarar a si mesmo, literalmente, para pegar os caras maus.

Carla repete a frase, mais alto desta vez.

— E você contou alguma coisa para ela? — pergunto, pausando o filme bem na hora em que o Ethan arranca seu rosto inacreditavelmente realista para revelar a verdadeira identidade. Inclino a cabeça para um dos lados para ter uma perspectiva melhor.

Carla tira o controle remoto da minha mão, aperta o *pause* e joga o controle no sofá.

— Qual é o problema? — pergunto, sentindo-me culpada por tê-la ignorado.

— Você. E aquele garoto.

— Como assim?

Ela solta um suspiro e se senta.

— Eu sabia que seria um erro permitir que vocês se vissem.

Ela consegue então atrair toda a minha atenção.

— O que a minha mãe disse?

— Você cancelou uma noite de cinema com ela?

Eu sabia que não devia ter feito aquilo. Ela pareceu tão magoada e desapontada, mas eu não queria esperar até depois das nove para bater papo na internet com o Olly. Nossos papos nunca são suficientes. Eu sinto as palavras transbordarem de mim. As coisas que quero dizer a ele jamais parecem ter fim.

— E ela falou que você passa o tempo todo distraída. E que encomendou um monte de roupas. E sapatos. E ela já quase venceu você em um jogo no qual você sempre ganhava.

Oh.

— Ela está suspeitando de alguma coisa?

— Isso é tudo que preocupa você? Escute o que eu estou dizendo. Sua mãe está sentindo sua falta. Ela fica solitária sem você. Você deveria ver a cara dela enquanto me fazia essas perguntas.

— Eu só...

— Não — diz a Carla, levantando as mãos. — Você não pode mais vê-lo. — Ela brinca com o controle que acabou de jogar no sofá, olhando para todos os lados, menos para mim.

O pânico faz meu coração acelerar.

— Carla, por favor. Por favor, não o tire de mim!

— Ele não é seu!

— Eu sei...

— Não, você não sabe. Ele não é seu. Talvez ele tenha tempo para você agora, mas logo as aulas vão começar. Ele vai conhecer alguma outra garota e vai ser o Olly *dela*. Você está entendendo?

Sei que a Carla está tentando me proteger, exatamente como eu estava tentando me proteger algumas poucas semanas antes, porém aquelas palavras fazem com que eu me lembre de que o meu coração é um músculo como qualquer outro. Que pode doer.

— Eu entendo — concordo baixinho.

Tenho certeza de que ela já disse essas mesmas palavras para a Rosa.

— Tudo bem. — Ela me passa o controle. Juntas, nós olhamos a tela inerte.

Ela apoia ambas as mãos nos joelhos e se levanta.

— Você tem certeza do que você disse? — pergunto quando ela alcança a metade do quarto.

— Sobre o quê?

— Você disse que o amor não me mataria.

— Ela não vai matar você. Mas pode matar a sua mãe. — Ela se esforça para abrir um sorrisinho.

Prendo a respiração, à espera.

— Tudo bem, está certo. Você pode continuar a vê-lo, mas precisa tomar algum juízo. Entendeu?

Balanço a cabeça, concordando, e desligo a televisão. Ethan Hunt desaparece.

Passo o resto do dia no solário, longe da Carla. Não estou com raiva dela, mas também *não deixo* de estar. Todas as minhas dúvidas sobre se eu deveria mesmo esconder Olly da minha mãe desapareceram. Eu não conseguia acreditar que o cancelamento de uma noite de filmes quase fez com que eu não visse mais o Olly. Antes, eu estava preocupada por guardar segredos dela. Agora, estou com medo de não conseguir mais ter nenhum segredo. Sei que ela ficou chateada por eu ter comprado roupas novas. Ela ficou aborrecida por eu não ter pedido sua opinião e ter comprado cores pelas quais ela não esperava. Minha mãe ficou aborrecida com uma mudança que ela não viu chegar. Fico magoada e ao mesmo tempo também entendo. Ela precisa controlar todas as coisas para me manter segura na minha bolha.

E ela não está errada. Eu *tenho* estado distraída quando estou com ela, minha mente passa o tempo todo sintonizada na Rádio Olly. Sei que ela não está errada. Mas mesmo assim isso me magoa. Cortar as amarras não faz parte do processo de crescimento? Será que algum dia eu não teria de experimentar essa migalha de normalidade?

Mesmo assim, me sinto culpada. Ela devotou toda a sua vida a mim. Quem sou eu para jogar tudo isso fora ao primeiro sinal de amor?

Carla por fim me encontra para o nosso check-up das quatro da tarde.

— Será que é possível alguém ter uma esquizofrenia repentina? — pergunto.

— Por quê? Você está tendo isso?

— Talvez.

— Eu estou falando com a Maddy boa ou com a Maddy má agora?

— Não tenho certeza.

Ela dá tapinhas em uma das minhas mãos.

— Seja boa com a sua mãe. Você é tudo que ela tem.

CARTÃO DA LIBERDADE

Email

ESCREVER

ENTRADA (4)
ENVIADOS
RASCUNHOS
LIXEIRA
MAIS ▾

1 de 3,557

Recebemos sua solicitação de cartão de crédito

Argentis Inc.
Para mim

Obrigado por solicitar seu novo Cartão da Liberdade Argentis, o cartão de crédito que lhe permite flexibilidade e poder de compra para realizar os seus sonhos e planejar o futuro.

ARGENTIS
CARTÃO DA LIBERDADE
1234 5678 9012 3456
SEU NOME AQUI

SUAS INFORMAÇÕES PESSOAIS
Madeline F. Whittier
Alameda Papillon, 304

DE CABEÇA PARA BAIXO

AS PESSOAS NORMAIS andam de um lado para o outro quando estão nervosas. Olly fica me encarando.

— Olly! É só uma parada de mãos. Vou me apoiar na parede. Vai dar tudo certo. — Levo uma hora para convencê-lo a me mostrar como fazer aquilo.

— Você não tem força suficiente nos pulsos e na parte superior do corpo — ele resmunga.

— Você já mandou essa. Além disso, sou forte — digo e flexiono um dos bíceps. — Posso erguer o peso do meu corpo em livros.

Ele sorri levemente e depois, graças a Deus, para de andar de um lado para o outro. Ele puxa o elástico ao redor do pulso e os olhos examinam meu corpo, mentalmente analisando minha falta de força física.

Reviro os olhos do jeito mais dramático de que sou capaz.

— Está bem. — Ele suspira acompanhando o meu nível de drama. — Agache-se. — Ele demonstra o movimento.

— Eu sei o que é um...

— Concentre-se.

Eu me abaixo.

Do outro lado da sala ele confere minha posição e me dá instruções para fazer pequenos ajustes: separar as mãos uns trinta centímetros, deixar os braços esticados com os cotovelos pressionados contra os meus joelhos, pontas dos dedos separadas.

Finalmente estou na posição correta.

— Agora — ele continua —, jogue o seu peso levemente para a frente até que os dedos dos seus pés se desprendam do chão.

Jogo o peso rápido demais e caio de costas no chão.

— Há. — Ele pressiona os lábios tentando conter o riso, porém sua covinha o entrega. Volto à minha posição. — Mais movimento e menos inclinação — ele diz.

— Pensei que eu estivesse me movimentando.

— Não muito. Tudo bem. Agora, me observe. — Ele se agacha. — Mãos afastadas trinta centímetros, cotovelos contra os joelhos, pontas dos dedos separadas. E então, devagar, bem devagar, jogue o seu peso para frente, com os ombros. Tire os dedos dos pés do chão. E então simplesmente se erga. — Ele se inclina para a frente e faz a parada de mãos com sua graça sem esforço de sempre. Mais uma vez, fico hipnotizada pela expressão pacífica em seu rosto quando ele está em movimento. Isso é como uma meditação para Olly. Seu corpo é sua fuga do mundo, ao passo que estou presa dentro do meu.

— Quer ver de novo? — pergunta ele, pondo-se de pé novamente.

— Não. — Mais do que ansiosa, inclino meus ombros para a frente como ele me instruiu, mas nada acontece. Por cerca de uma hora não faço nenhum avanço. A parte inferior do meu corpo continua firmemente ancorada ao chão, enquanto a parte superior dos meus braços queima graças ao esforço. Acabo dando diversas cambalhotas não intencionais. No fim, tudo o que consigo é não gemer enquanto rolo.

— Vamos fazer um intervalo? — ele pergunta, ainda se segurando para não rir.

Rosno para ele, abaixo a cabeça e dou um impulso que acaba em outra cambalhota. Agora Olly está definitivamente gargalhando.

Permaneço um tempo deitada de costas, recuperando o fôlego, e então começo a rir junto com ele. Alguns segundos depois, eu me agacho. Ele balança a cabeça.

— Quem poderia imaginar que você é assim tão teimosa?

Eu não. *Eu mesma* não sabia que eu era assim tão teimosa.

Ele bate palmas.

— Tudo bem, vamos tentar uma coisa nova. Feche os olhos.

Eu os fecho.

— Muito bem. Agora, finja que você está no espaço sideral.

Com os olhos fechados tenho a impressão de que ele está mais perto, como se estivesse ao meu lado e não na outra extremidade da sala. A voz dele desliza pelo meu pescoço, sussurra na minha orelha.

— Vê as estrelas? E aquele campo de asteroides? E aquele satélite solitário que segue sua própria trajetória? Não há gravidade. Você não tem peso. Você pode fazer o que bem entender com o seu corpo. Tudo que precisa fazer é pensar.

Eu me inclino para a frente e de repente estou de cabeça para baixo. No início, não tenho certeza de que consegui. Abro e fecho os olhos algumas vezes, mas o mundo permanece invertido. O sangue corre para a minha cabeça e ao mesmo tempo sinto-a leve. A gravidade faz com que minha boca forme um sorriso e meus olhos se arregalem. Eu me sinto maravilhosamente estranha em meu próprio corpo. A parte de cima dos meus braços começa a oscilar. Eu me inclino, saindo da posição totalmente na vertical, e meus pés tocam a parede. Jogo o peso para trás para mudar de direção e caio abaixada novamente.

— Incrível. — Olly bate palmas. — Você até conseguiu manter a posição por alguns segundos. Logo você não vai nem precisar da parede.

— E agora? — pergunto, querendo mais, querendo ver o mundo do mesmo jeito que ele.

Olly hesita, prestes a começar uma discussão, porém seus olhos encontram os meus. Ele faz que sim com a cabeça e se abaixa para observar.

Eu me agacho, jogo o peso para a frente e fico de cabeça para baixo. Perco a estabilidade quase que de imediato e começo a cair para trás. Logo, Olly está ao meu lado com as mãos na pele nua dos meus tornozelos, me segurando até que meu corpo se estabilize. Todos os nervos do meu corpo migram para o local onde ele toca. A pele sob as mãos dele faísca vida, todas as células são incendiadas pelo sentimento. Sinto como se nunca houvesse sido tocada antes.

— Preciso descer — eu peço e ele gentilmente baixa minhas pernas até que estejam novamente no chão. Espero que ele volte para o canto, mas Olly não faz isso. Antes que eu possa pensar melhor a respeito, eu me levanto e o encaro. Estamos a menos de dez centímetros de distância. Posso estender uma das mãos e tocá-lo se eu quiser. Devagar, movo os olhos até os dele.

— Você está bem? — Olly quer saber.

Quero responder que sim, mas, em vez disso, faço que não com a cabeça. Tenho de me afastar. Ele tem de se afastar. Olly tem de voltar para o lado dele do mundo, mas não o faz, e posso ver nos seus olhos que ele não tem a menor intenção de fazer isso. Meu coração bate tão alto que tenho certeza de que ele pode ouvi-lo.

— Maddy? — Meu nome forma uma pergunta e meus olhos se movem para os lábios dele.

Ele ergue a mão direita e agarra meu dedo indicador esquerdo. A mão dele é áspera, a pele é irregular devido aos calos e é tão quente. Ele afaga a junta do dedo e em seguida o envolve na palma da sua mão.

Olho para a minha mão.

Amigos têm permissão para tocar, não é?

Solto o dedo de maneira que eu possa entrelaçar todos os outros nos dele até que nossas palmas estejam pressionadas uma contra a outra.

Olho novamente para os olhos dele e vejo meu reflexo.

— O que você está vendo? — pergunto.

— Bem, a primeira coisa são essas sardas.

— Você está obcecado.

— Levemente. Parece que alguém salpicou chocolate sobre o seu nariz e as bochechas. — As pupilas do Olly viajam até os meus lábios e depois voltam para os olhos. — Os seus lábios são rosados e ficam ainda mais cor-de-rosa quando você os mordisca. Você faz isso sempre que está prestes a discordar de mim. Você deveria fazer menos isso. Estou falando sobre discordar, não mordiscar. Essa parte de mordiscar é adorável.

Eu devia dizer alguma coisa, detê-lo, mas não consigo falar nada.

— Nunca vi ninguém com um cabelo tão comprido, cheio e cacheado quanto o seu. Ele parece uma nuvem.

— Se as nuvens fossem marrons — retruco, finalmente encontrando a minha voz, tentando quebrar o encanto.

— Sim, nuvens cacheadas e marrons. E então eu vejo os seus olhos. Juro que eles mudam de cor. Algumas vezes, são quase pretos. Em outras, são castanhos. Estou tentando encontrar uma correlação entre a cor e o seu humor, mas ainda não consegui. Mesmo assim, pode deixar que a manterei informada a respeito.

— Correlação não é causalidade.

Ele sorri e aperta a minha mão.

— E você, o que vê?

Quero responder, mas acho que não vou conseguir. Balanço a cabeça e volto a olhar para as minhas mãos.

Ficamos assim, deslizando entre o certo e incerto até que ouço a Carla se aproximando e somos forçados a nos separar.

Estou inteira. Estou em pedaços.

PELE

LI EM ALGUM LUGAR que, em média, substituímos a maioria das nossas células a cada sete anos. O que é mais impressionante: mudamos as camadas mais superficiais da nossa pele a cada duas semanas. Se *todas* as células do nosso corpo fizessem o mesmo, seríamos imortais. Só que algumas outras células, como as do cérebro, não se renovam. Elas envelhecem e fazem com que envelheçamos também.

Em duas semanas, minhas células não terão nenhuma lembrança da mão do Olly na minha, mas meu cérebro vai se recordar. Podemos ter a imortalidade ou a lembrança do toque. Mas não podemos ter as duas coisas.

AMIZADE

Mais tarde, 20:16

Olly: você se logou mais cedo

Madeline: Eu falei para a minha mãe que tinha um monte de dever de casa para terminar

Olly: você está bem?

Madeline: Você está perguntando se eu estou doente?

Olly: estou

Madeline: Até agora, estou me sentindo muito bem.

Olly: você está preocupada?

Madeline: Não. Estou bem.

Madeline: Tenho certeza de que estou bem.

Olly: você está preocupada

Madeline: Um pouco.

Olly: você não deveria se sentir assim. sinto muito

Madeline: Por favor, não sinta. Eu não me sinto nada culpada e não mudaria nada nessa história.

Olly: mesmo assim

Olly: tem certeza de que você está bem?

Madeline: Estou me sentindo nova em folha.

Olly: e tudo isso só porque a gente deu as mãos, hein? imagina só o que um beijo poderia fazer...

Madeline: ...

Madeline: Amigos não se beijam, Olly.

Olly: melhores amigos podem se beijar sim

PESQUISA

VINTE E QUATRO HORAS depois, só consigo pensar em beijos. Vejo as palavras *imagina só o que um beijo poderia fazer* sempre que fecho os olhos. Em algum momento me ocorre que não sei nada sobre beijos. É claro que eu já li a respeito. Já vi muitos beijos em filmes para ter uma ideia. Porém, nunca me imaginei como uma *beijoqueira* e com certeza menos ainda como uma *beijadora.*

Carla disse que provavelmente não haveria problema se nos víssemos hoje de novo, mas decidi esperar mais alguns dias. Ela não sabe sobre o toque no meu tornozelo, que demos as mãos e quase compartilhamos o mesmo ar. Eu deveria ter contado, mas não fiz isso. Fiquei com medo que ela impedisse nossas visitas. Outra mentira para acrescentar à minha crescente contagem. Olly agora é a única pessoa na minha vida para a qual não tenho de mentir.

Quarenta e oito horas pós-toque e eu continuo me sentindo bem. Dou umas olhadelas sorrateiras nos meus relatórios de saúde quando a Carla não está prestando atenção. A pressão arterial, a pulsação e a temperatura parecem estar normais. Nenhum sinal de alarme à vista.

Meu corpo se torna um pouco mais descoordenado quando me imagino beijando Olly, mas tenho certeza que isso é só uma consequência de estar apaixonada.

16 NOME DO PROJETO Cartilha do Beijo 1 de 3 CADERNO NO. 17

Checklist pré-beijo

☑ Brilho labial

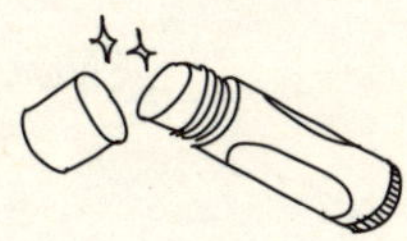

☑ Revisar potenciais posições das mãos

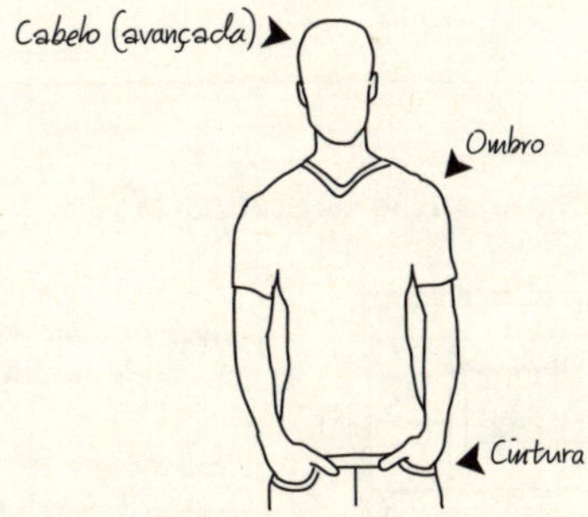

Técnicas de prática de beijo

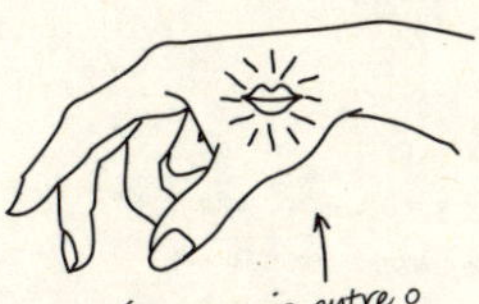

ASSINATURA ____________

LIDO + COMPREENDIDO ____________

17 NOME DO PROJETO Cartilha do Beijo 2 de 3 CADERNO NO. 17

Criando a atmosfera correta para o beijo

Chuva

Comprovadamente aumenta os níveis de paixão

Vide: Diário de uma paixão

Quatro casamentos e um funeral

Um aparelho de som portátil

Fornece uma música bacana, adequada para a ocasião

Vide: praticamente todas as comédias românticas já filmadas

Um poema de amor épico

Para ser memorizado + recitado logo depois do ato em si

ASSINATURA ___

LIDO + COMPREENDIDO ___

18 NOME DO PROJETO: Cartilha do Beijo 3 de 3 — CADERNO NO. 17

Mecânica do beijo

Assegurar a probabilidade do beijo

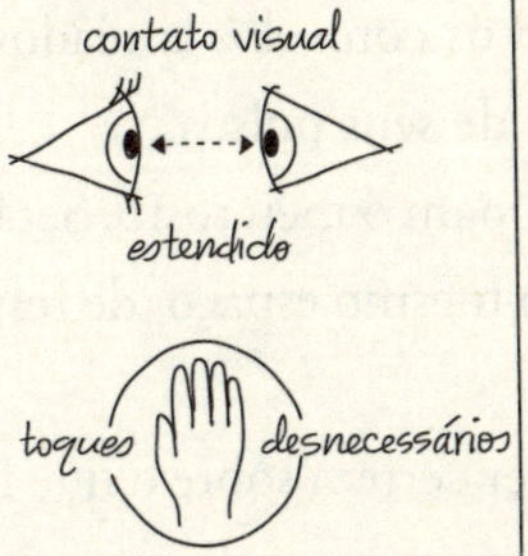

Lábios franzidos em nome do nível correto de firmeza

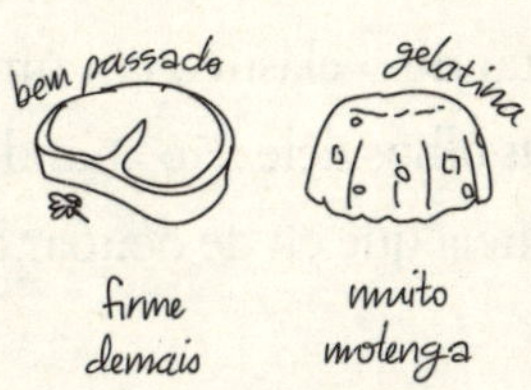

Cabeça inclinada para prevenir colisões de nariz

Incline-se para a frente

O parceiro cobrirá a distância restante

Faça o contato

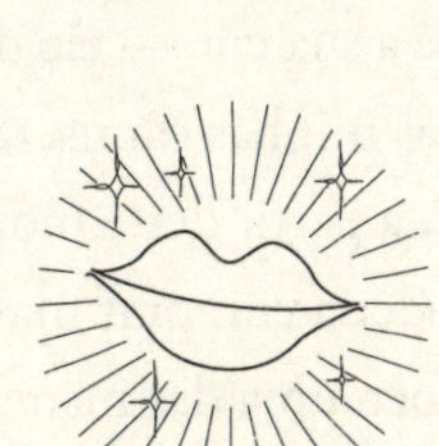

Pressione os lábios e segure-os de 3 a 5 segundos

Afaste-se devagar

Lembrete: mantenha os olhos fechados!

ASSINATURA ______

LIDO + COMPREENDIDO ______

VIDA E MORTE

OLLY NÃO ESTÁ na parede. Nem mesmo está no lado do oposto de onde fica o sofá. Ele está bem no meio da sala, com os cotovelos apoiados nos joelhos, puxando e soltando o elástico em um de seus pulsos.

Hesito na porta. Os olhos dele não abandonam o meu rosto. Será que ele sente a mesma urgência que eu de ocupar o mesmo espaço, de respirar o mesmo ar?

Eu me demoro no batente da porta, sem ter certeza sobre o que fazer. Eu poderia assumir o local onde ele sempre costumava ficar, perto da parede. Podia lhe dizer que eu não deveria brincar com a sorte, mas não consigo fazer nada disso. Mais ainda, eu não quero fazer essas coisas.

— Acho que laranja é a sua cor — ele diz finalmente.

Estou usando uma das minhas camisetas novas. Esta tem gola em V e está bem apertadinha. E, a partir deste momento, se tornou minha peça de roupa preferida. Eu poderia comprar mais umas dez iguais.

— Obrigada. — Coloco uma das mãos sobre o estômago. As borboletas voltaram e não querem ficar quietas.

— Você quer que eu fique em outro lugar? — Ele estica bem o elástico entre o dedão e o indicador.

— Eu não sei — respondo.

Ele faz que sim com a cabeça e começa a se levantar.

— Não, espera. — Pressiono a outra mão contra o estômago e caminho até ele. Eu me sento, deixando uns trinta centímetros entre nós.

Olly deixa o elástico estalar em seu pulso. Seus ombros aliviam a tensão. Não havia percebido o quanto ele estava travado.

Eu me aproximo do Olly, pressiono os joelhos um contra o outro e jogo os ombros para a frente. Torno-me o menor possível, como se o meu tamanho pudesse contradizer nossa proximidade.

Ele tira os braços de cima dos joelhos, estica uma das mãos e começa a balançar os dedos.

Toda a minha hesitação desaparece e a minha mão escorrega para a dele. Nossos dedos deslizam uns para os outros como se houvéssemos passado toda a nossa vida de mãos dadas. Não sei como, mas a distância entre nós diminui.

Será que foi ele quem se aproximou? Será que fui eu?

Agora estamos um diante do outro, nossas coxas se tocam, os antebraços quentes e unidos, meu ombro pressionando a parte de cima dos braços dele. Ele passa o dedão sobre o meu, traçando um caminho da junta até o pulso. Minha pele, cada uma de suas células se acende. Será que as pessoas normais, saudáveis, sentem isso o tempo todo? Como elas sobrevivem a essa sensação? Como elas se controlam para não se tocarem *o tempo todo*?

Ele puxa a minha mão, ainda que levemente. Isso é uma pergunta, eu sei, e obrigo meus olhos a abandonarem o milagre de nossas mãos para encararem o milagre do rosto do Olly, e os olhos e os lábios dele se aproximam dos meus. Será que eu devo me afastar? Será que é ele quem deve fazer isso?

O hálito do Olly é quente e logo seus lábios estão roçando nos meus, suaves como asas de borboleta. Meus olhos se fecham sozinhos. As comédias românticas estão certas nesse quesito. Você tem de fechar os olhos. Ele recua e os meus lábios estão frios. O que eu fiz de errado? Meus olhos se abrem de imediato e trombam no azul dos dele. Ele me beija primeiro como se tivesse medo de continuar e depois como se tivesse medo de parar. Agarro a camiseta do Olly e aperto o tecido com força.

As borboletas estão fazendo o maior tumulto no meu estômago.

Ele aperta a minha mão, os meus lábios se abrem e logo estamos sentindo o gosto um do outro. Ele tem gosto de caramelo salgado e luz do sol. Ou do que eu acho que é o gosto de caramelo salgado e luz do sol. O gosto dele não é parecido com nada que eu já tenha experimentado, como a esperança, as possibilidades e o futuro.

Eu me afasto primeiro desta vez, mas só porque preciso de ar. Se eu pudesse, eu o beijaria durante todos os segundos de todos os dias de toda a minha vida.

Ele apoia a testa contra a minha. Seu hálito é quente contra o meu nariz e bochechas. E levemente doce. O tipo de doce que faz você querer mais.

— É sempre assim? — pergunto, ofegante.

— Não — diz ele. — *Nunca* é assim. — Percebo o encantamento na voz dele.

E, assim, tudo muda.

SINCERAMENTE

Mais tarde, 20:03

Olly: não vai ter filme com a sua mãe hoje?

Madeline: Cancelei. A Carla vai ficar louca da vida comigo.

Olly: por quê?

Madeline: Prometi a ela que ia passar mais tempo com a minha mãe.

Olly: estou bagunçando a sua vida

Madeline: Não, por favor, não pense assim.

Olly: o que a gente fez hoje foi louco

Madeline: Eu sei.

Olly: o que a gente estava pensando?

Madeline: Não sei.

Olly: talvez a gente devesse dar um tempo

Madeline: ...

Olly: desculpe. eu estava tentando proteger você

Madeline: E se proteção não for exatamente o que eu preciso?

Olly: o que isso quer dizer?

Madeline: Não sei.

Olly: preciso que você esteja em segurança. não quero perdê-la

Madeline: Mas você mal me tem!

Madeline: Você se arrependeu?

Olly: Por causa de quê? Do beijo?

Olly: com toda a sinceridade?

Madeline: É claro.

Olly: não

Olly: você se arrepende?

Madeline: Não.

ESTERIOR

O UNIVERSO E O MEU subconsciente podem estar conspirando contra mim. Estou na sala de TV jogando Fonética com a minha mãe. Até agora já formei as palavras ESTERIOR, LIBERDADI e SEGREDUS. Esta última me deu até um bônus. Ela franze a testa para o tabuleiro e acho que vai contestar as minhas palavras, mas não faz isso. Ela soma os pontos e, pela primeira vez na vida, estou ganhando de verdade. Por sete pontos.

Contemplo o placar e depois volto a olhar para ela.

— Tem certeza de que você contou certo? — pergunto. Mais do que qualquer outra coisa, não quero vencê-la.

Confiro os pontos para descobrir que minha mãe está certa.

Os olhos dela estão no meu rosto, mas continuo olhando para a folha onde está a marcação dos pontos. Ela tem estado assim a noite inteira, me observando como se eu fosse um quebra-cabeça a ser desvendado. Ou talvez eu esteja paranoica. Talvez seja a culpa por estar sendo egoísta, por querer estar com o Olly até mesmo agora. A cada momento que eu passo com ele, aprendo algo novo. Eu me torno uma pessoa nova.

Ela pega a folha das minhas mãos e ergue meu queixo para me encarar.

— O que está acontecendo, querida?

Estou prestes a mentir quando um grito alto e súbito vem lá de fora. Outro grito se segue e então há uma gritaria indistinta e uma batida violenta. Nós duas nos viramos para olhar pela janela. Começo a me levantar, mas minha mãe aperta o meu ombro e faz que não com a cabeça. Permito que ela me mantenha no lugar, mas outro grito de "PARE" faz com que nós duas corramos para a janela.

Os três — Olly, sua mãe e seu pai — estão na varanda. Seus corpos formam um triângulo de tristeza, medo e raiva. Olly está em posição de briga, com os punhos fechados, os pés plantados no chão, firmes e afastados. Até mesmo daqui posso ver as veias pulando na superfície dos braços, do rosto. A mãe dá um passo na direção do Olly, mas ele diz algo que faz com que ela recue.

Olly e o pai se encaram. O pai está segurando um drinque na mão direita. Ele não tira os olhos do Olly enquanto ergue o copo e termina a bebida com goles profundos. Estende o copo vazio para que a mãe do Olly o pegue. Ela começa a se mover, mas, de novo, Olly fala algo que a detém. O pai então se volta para ela, a mão ainda esticada, rígida, segura o copo. Por um momento, acho que ela talvez não vá atender o desejo do marido.

Entretanto, sua resistência não dura muito. Ela dá um passo na direção dele. O marido a agarra, repleto de raiva e ameaças. Porém, mais que depressa, Olly se coloca entre eles. Ele golpeia o braço do pai, afastando-o e empurra a mãe para o lado.

Ainda mais raivoso, o pai arremete contra ele de novo. Olly o empurra para trás. Ele bate em uma parede, mas não cai.

Olly começa a pular levemente, balançando os braços e os pulsos como um boxeador se preparando para uma luta. Ele está tentando desviar a atenção do pai, para que o alvo deixe de ser a mãe. Funciona. O pai investe primeiro contra um de seus pulsos. Olly desvia para a direita e depois para a esquerda. Ele pula para trás, descendo os degraus da escada bem quando o pai arma mais um soco. Ele erra o alvo e o impulso faz com que tropece escada abaixo. Ele aterrissa, esparramando-se na entrada de carros de concreto e não se move.

Olly fica imóvel. A mãe tapa a boca com ambas as mãos. Minha mãe passa um dos braços ao redor dos meus ombros. Pressiono a testa contra o vidro e agarro o peitoril. Todos os olhos estão no pai do Olly. O momento se estende. Cada segundo em que ele não se mexe é um alívio terrível.

A mãe do Olly é a primeira a quebrar toda aquela imobilidade. Ela desce os degraus correndo e se agacha ao lado do marido. Olly faz um gesto para que ela se afaste, mas a mãe o ignora. Ela se inclina para mais perto do pai do Olly bem quando ele se vira para ficar de frente. Ele agarra o pulso dela com suas mãos grandes e cruéis. Com o triunfo estampado no rosto, ergue a mão dela no ar como se fosse um troféu que acabou de ganhar. Ele dá um impulso para se levantar e a arrasta também para cima.

Mais uma vez, Olly corre para ficar entre eles, mas desta vez o pai está pronto. Mais depressa do que eu jamais o vi se mexer, o pai do Olly solta a esposa, agarra o colarinho da camiseta do filho e lhe dá um soco no estômago.

A mãe grita. E então eu grito também. Ele dá outro soco no Olly.

Não sei o que acontece depois porque me solto da minha mãe e começo a correr. Eu não penso, simplesmente me mexo. Voo pela sala e desço até o hall. Atravesso o bloqueio de ar e passo pela porta em um milésimo de segundo.

Não sei para onde estou indo, mas preciso ir até ele.

Não sei o que estou fazendo, mas preciso protegê-lo.

Corro pelo nosso gramado até a parte mais próxima do terreno do Olly. O pai está indo na direção dele de novo quando eu grito:

— PARE!

Os dois congelam por um momento e olham para mim, chocados. O porre do pai do Olly finalmente mostra sinal de vida. Ele sobe os degraus cambaleando e entra na casa. A mãe o segue.

Olly se abaixa segurando o estômago.

— Você está bem? — pergunto.

Ele olha para mim. A dor, a confusão e o medo se alternam em seu rosto.

— Vá. Vá embora — ele diz.

Minha mãe pega o meu braço e tenta me puxar. Tenho uma vaga consciência de que ela está histérica. Ela é mais forte do que eu poderia imaginar, mas a minha necessidade de ver Olly é ainda mais intensa.

— Você está bem? — grito de novo, sem me mover.

Olly se estica devagar, cauteloso, como se algo estivesse doendo, mas ele não deixa transparecer.

— Mads, estou bem. Volte. Por favor. — Todo o peso do sentimento que temos um pelo outro paira entre nós. — Juro que estou bem — ele repete e deixo que minha mãe me puxe.

Estamos de volta ao bloqueio de ar antes que eu me dê conta do que acabei de fazer. Eu fui mesmo Lá Fora? A mão da minha mãe agarra a parte de cima do meu braço como um torno. Ela me obriga a encará-la.

— Eu não entendo. — A voz dela está estridente e confusa. — Por que você faria uma coisa dessas?

— Estou bem — respondo a pergunta que ela não me faz. — Foi só um minuto. Menos de um minuto.

Ela desiste do meu braço e ergue meu queixo.

— Por que você arriscaria a sua vida por um completo estranho?

Não sou uma mentirosa tão habilidosa assim para esconder meus sentimentos dela. Olly está em minha pele.

Ela vê a verdade.

— Ele não é um estranho, é?

— Somos apenas amigos. Amigos de internet — digo. Faço uma pausa. — Desculpe. Não pensei no que eu estava fazendo. Só queria ver se ele estava bem.

Passo as mãos pelos meus antebraços. Meu coração bate tão depressa que dói. A grandiosidade do que acabei de fazer toma conta de mim e começo a tremer.

Meu tremor repentino desperta os questionamentos da minha mãe e ela entra no modo médica.

— Você tocou em alguma coisa? — ela pergunta várias e várias vezes.

Respondo que não, várias e várias vezes.

— Preciso jogar suas roupas no lixo — ela diz depois que saio do banho que ela insistiu para que eu tomasse. Ela não olha para mim. — Teremos de tomar cuidados extras nos próximos dias para nos assegurar de que nada...

Ela para de falar, incapaz de pronunciar as palavras.

— Foi menos que um minuto — insisto, para benefício de nós duas.

— Às vezes um minuto é o que basta. — A voz dela é quase inaudível.

— Mãe, desculpe...

Ela ergue uma das mãos e balança a cabeça.

— Como você pôde? — ela pergunta, com os olhos finalmente encontrando os meus.

Não tenho certeza se ela está perguntando sobre minha ida até o Lado de Fora ou sobre o fato de eu ter mentido para ela. Não tenho respostas para nenhuma dessas perguntas.

Assim que ela vai embora, vou para a janela em busca do Olly, mas não o encontro. Ele provavelmente está no telhado. Vou para a cama.

Eu estive mesmo do lado de fora? Qual era o cheiro do ar? Havia vento? Os meus pés chegaram mesmo a encostar no chão? Toco a pele dos meus braços, do meu rosto. A sensação é diferente? Eu estou diferente?

Durante toda a minha vida, sonhei em estar no mundo. E agora que fiz isso, não me lembro de nada. Tudo que tenho guardado na minha mente é a cena do corpo dobrado, morrendo de dor. A voz dele me dizendo para voltar.

A TERCEIRA MADDY

JÁ ESTOU QUASE dormindo naquela noite quando a porta se abre. Minha mãe fica parada no batente e eu mantenho os olhos fechados, fingindo que estou dormindo. Ainda assim, ela entra e se senta na cama ao meu lado.

Por um longo momento, ela não se move. Finalmente, minha mãe se inclina e tenho certeza de que ela vai beijar minha testa como costumava fazer quando eu era pequena, porém eu me viro para desviar dela, ainda fingindo dormir.

Não sei por que faço isso. Quem é essa nova Maddy que é cruel sem motivo? Ela se levanta e espero a porta se fechar antes de abrir os olhos.

Um elástico preto está sobre a minha mesinha de cabeceira.

Ela sabe.

A VIDA É UM DOM

NA MANHÃ SEGUINTE, acordo com um grito. De início, acho que é a família do Olly de novo, mas o som parece muito próximo. É a minha mãe. Nunca a ouvi erguer a voz antes.

— Como você pôde fazer isso? Como você deixou um estranho entrar aqui?

Não consigo ouvir a resposta da Carla. Abro a porta do quarto em silêncio e vou na ponta dos pés até o peitoril da escada. Carla está de pé no primeiro degrau. Minha mãe é menor que a Carla em todos os sentidos, mas é impossível perceber isso devido à forma que minha enfermeira se encolhe diante dela.

Não posso deixar a Carla ser culpada por isso. Eu voo escada abaixo.

— Aconteceu alguma coisa? Ela está doente? — Carla pega um dos meus braços, dá um tapinha no meu rosto enquanto seus olhos examinam meu corpo em busca de algum sinal de problema.

— Ela foi lá fora. Por causa dele. Por *sua* causa. — Minha mãe se vira para me encarar. — Madeline colocou a vida dela em risco e está mentindo para mim há semanas. — Ela se vira novamente para Carla. — Você está demitida.

— Não, por favor, mãe. Não foi culpa dela.

Ela faz um gesto me interrompendo.

— Não foi *só* culpa dela, você quer dizer. Foi culpa sua também.

— Sinto muito — digo, mas isso não surte o menor efeito sobre a minha mãe.

— Eu também sinto. Carla, arrume suas coisas e vá embora.

Estou desesperada. Não consigo imaginar a minha vida sem a Carla.

— Por favor, mãe, por favor. Não vai acontecer de novo.

— Claro que não vai — ela declara com a mais absoluta certeza.

Carla começa a subir as escadas sem dizer nem uma única palavra.

Minha mãe e eu passamos a meia hora seguinte observando a Carla empacotar as coisas dela. Ela tem óculos de leitura, canetas e pranchetas espalhados por quase todos os cômodos.

Não me importo em enxugar as lágrimas porque elas simplesmente não param de cair. Minha mãe se controla para parecer mais rígida do que nunca. Quando finalmente chegamos ao meu quarto, dou para Carla uma cópia de *Flores para Algernon.* Ela olha para mim e sorri.

— Este livro não vai me fazer chorar? — ela pergunta.

— Provavelmente.

Ela aperta o livro junto ao peito e não tira os olhos de mim.

— Você precisa ser corajosa agora, Madeline.

Corro para os braços dela. Ela deixa a maleta médica e o livro caírem e me abraça forte.

— Sinto muito mesmo — sussurro.

Ela me aperta ainda mais.

— Não foi sua culpa. A vida é um dom. Não se esqueça de vivê-la. — A voz da Carla é feroz.

— Já chega — minha mãe rosna da porta. Sua paciência se esgotou. — Sei que isso é triste para ambas. Acreditem ou não, também é triste para mim. Mas já é hora de você ir embora, Carla. Agora.

Carla se afasta de mim.

— Seja corajosa. Lembre-se, a vida é um dom. — Ela pega a maleta médica.

Descemos as escadas juntas. Minha mãe entrega à Carla um último cheque e ela vai embora.

DICIONÁRIO DA MADELINE

as.simp.to.ta (a.s'ĩpə.t'ɔ.tɐ) *s.f. pl* -s. 1. Um desejo que continuamente se aproxima do objetivo, mas nunca o atinge. [2015, *Whittier*]

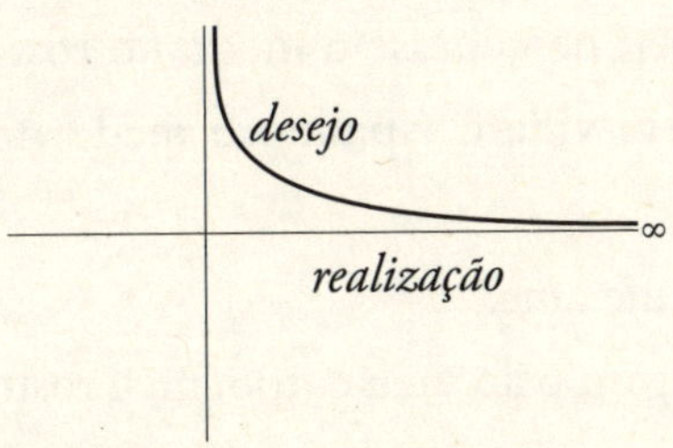

IMAGEM ESPELHADA

ESCANCARO AS CORTINAS assim que volto ao meu quarto. Olly está na janela dele, com a testa pressionada contra o punho e o punho pressionado contra o vidro. Há quanto tempo ele está esperando? Levou um segundo para perceber que eu estava no quarto, mas foi o suficiente para que eu percebesse o medo no rosto dele. Evidente que a minha função nesta vida é espalhar o medo nos corações daqueles que me amam.

Não que o Olly me ame.

Os olhos dele vagam pelo meu corpo, meu rosto. Ele faz um gesto de quem está digitando, mas faço que não com a cabeça. Ele faz uma careta, repete o gesto, mas eu balanço a cabeça de novo. Ele desaparece da janela e retorna com um marcador.

VC TÁ BEM?

Faço que sim com a cabeça. *Você está bem?* Eu apenas movo os lábios.

SIM. BATE-PAPO?

Balanço a cabeça negativamente.

TÁ DE CASTIGO?

Assinto.

SEM INTERNET?

Assinto de novo.

POR QUANTO TEMPO?

Dou de ombros.

TEM CERTEZA QUE VOCÊ ESTÁ BEM?

Eu expresso através de mímica uma saúde excelente, angústia existencial, arrependimento e uma enorme sensação de perda, tudo isso através de um simples movimento de cabeça.

ME DESCULPA?

Faço que não com a cabeça. Um gesto que diz: *Não, não se desculpe. Não é sua culpa. Não é você. É a minha vida.*

MUDANÇA DE AGENDA

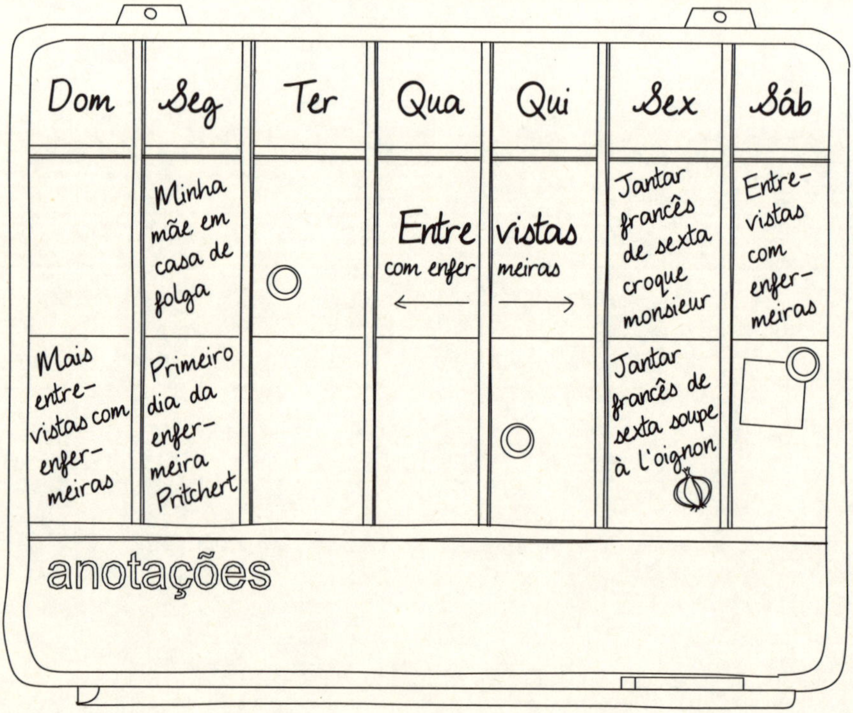

MAIS DO QUE ISSO

CALADA, MINHA MÃE se ajoelha para catar os desenhos do nosso jogo de *Imagem & Ação em Nome do Outro* e os arruma em uma pilha organizada. Ela guarda os melhores (o que nesse caso significa os desenhos realmente bons ou os péssimos) de cada jogo. Às vezes revisitamos nossa coleção com um ar de nostalgia, do mesmo jeito que outras famílias olham para fotos antigas. Os dedos dela passam por um desenho particularmente ruim de algum tipo de criatura com chifres flutuando sobre um círculo repleto de buracos.

Ela ergue o desenho para que eu o veja.

— Como você conseguiu adivinhar que isto aqui era "canção de ninar"? — Ela faz um esforço para dar uma risadinha, tentando quebrar o gelo.

— Não sei — respondo e solto uma gargalhada, querendo chegar a um meio-termo com ela. — Você é uma desenhista horrível.

A criatura supostamente deveria ser o Boi da Cara Preta e o círculo deveria ser a lua. Realmente, meu palpite foi inspirado, dado como aquele desenho era ruim.

Ela para, ajeitando os papéis por um momento, e se senta sobre os calcanhares.

— Eu realmente me diverti com você esta semana — diz ela.

Eu assinto, mas não falo nada. O sorriso no rosto dela desaparece. Agora que Olly e eu não podemos mais nos ver nem nos falar, minha mãe e eu passamos mais tempo juntas. Essa é a única coisa boa de toda essa confusão.

Pego uma das mãos dela.

— Eu também.

Ela sorri novamente, mas desta vez com menos intensidade.

— Contratei uma das enfermeiras.

Faço que sim com a cabeça. Ela ofereceu para que eu entrevistasse as potenciais substitutas da Carla, mas me recusei. Não importa quem ela contrate. Ninguém nunca será capaz de substituir a Carla.

— Preciso voltar para o trabalho amanhã.

— Eu sei.

— Queria não ter de deixar você.

— Ficarei bem.

Ela ajeita a já perfeitamente organizada pilha de desenhos.

— Você entende por que eu tenho que fazer essas coisas?

Além de demitir a Carla, ela revogou meus privilégios com a internet e cancelou as aulas de arquitetura que eu tinha pessoalmente com o sr. Waterman.

Passamos toda a semana evitando ao máximo falar sobre isso. Minhas mentiras. Carla. Olly. Ela tirou uma semana de folga e cuidou de mim na ausência da Carla. Ela checava os meus sinais vitais toda hora em vez de a cada duas horas e quase desmaiava de alívio cada vez que os resultados eram normais.

No quarto dia, ela disse que os resultados de tudo o que acontecera ainda eram incertos. Tivemos sorte, ela comentou.

— O que você está pensando?

— Sinto saudade da Carla.

— Eu também, mas eu seria uma péssima mãe se a deixasse ficar. Você entende? Ela colocou sua vida em risco.

— Ela era minha amiga — sussurro.

A raiva que eu estava esperando da parte dela finalmente explode.

— Só que ela não era apenas sua amiga. Ela era a sua enfermeira. Ela deveria mantê-la segura. E não arriscar sua vida ou apresentá-la a garotos adolescentes que vão partir o seu coração. Amigos não lhe dão falsas esperanças.

Devo ter feito uma cara tão chocada quanto eu de fato me sinto porque, de repente, minha mãe para de falar e seca as palmas das mãos nas coxas.

— Oh, minha garotinha. Desculpe.

E então é quando a ficha cai de uma vez por todas. Carla se foi de verdade. Ela não vai estar aqui amanhã quando a minha mãe sair para trabalhar. Em vez dela, haverá alguém novo. A Carla foi embora e é culpa minha. E o Olly também se foi. Nem mesmo terei a chance de dar o beijo número dois. Fico sem ar diante da dor que essa ideia me causa, do fim de algo que mal começou.

Tenho certeza de que no fim minha mãe vai me deixar entrar na internet e vamos poder conversar novamente, mas isso não será suficiente. Para ser honesta comigo mesma, admito que isso jamais será suficiente.

Nunca esgotarei todas as formas como quero estar com ele.

Ela coloca uma das mãos no meu coração. Sei que estamos sentindo a mesma dor.

— Conte-me sobre ele — minha mãe pede.

Eu queria há tanto tempo falar sobre Olly, mas agora não tenho certeza de por onde começar. Meu coração está tão repleto dele. Então, começo pelo início. Conto sobre como foi vê-lo pela primeira vez, sobre a maneira como ele se movia — com leveza, fluidez e certeza. Conto a ela sobre seus olhos cor de oceano e os dedos cheios de calos. Conto sobre como Olly é bem menos cínico do que ele pensa que é. Sobre o pai terrível que ele tem, sobre suas duvidosas escolhas de roupas.

Conto a ela como Olly acha que sou divertida, esperta e bonita, nessa ordem, e de como a ordem importa. Todas as coisas que eu queria dizer há semanas. Ela escuta, segura a minha mão e chora junto comigo.

— Ele parece ser maravilhoso. Entendo por que você acha isso.

— Ele é.

— Sinto muito por você ser doente.

— Não é culpa sua.

— Eu sei, mas eu queria poder lhe dar mais do que isso.

— Posso ter meus privilégios de internet de volta? — Tenho de tentar.

Ela faz que não com a cabeça.

— Peça-me alguma outra coisa, querida.

— Por favor, mãe.

— É melhor assim. Não quero ver você de coração partido.

— O amor não pode me matar — digo, repetindo as palavras da Carla.

— Isso não é verdade — ela discorda. — Quem falou isso para você?

ENFERMEIRA DO INFERNO

MINHA NOVA ENFERMEIRA é uma déspota que jamais sorri, dotada de um diploma em enfermagem. O nome dela é Janet Pritchert.

— Você pode me chamar de *Enfermeira* Janet — ela diz. Sua voz é estridente de uma maneira nada natural, como um alarme.

Ela enfatiza a palavra *Enfermeira*, de modo que eu entendo que chamá-la simplesmente de Janet não vai funcionar. O aperto de mão dela é firme demais, como se estivesse mais acostumada a esmagar coisas do que cuidar delas.

É possível que minha visão esteja sendo preconceituosa.

Tudo que vejo quando olho para a nova enfermeira é o quanto ela não é a Carla. Ela é magra enquanto a Carla é corpulenta. O discurso dela não é apimentado por palavras em espanhol. Ela não tem nenhum sotaque. Comparada à Carla, ela é *menos* em todos os quesitos.

À tarde, decido controlar minha atitude, mas é aí que encontro o primeiro bilhete dela grudado no meu laptop.

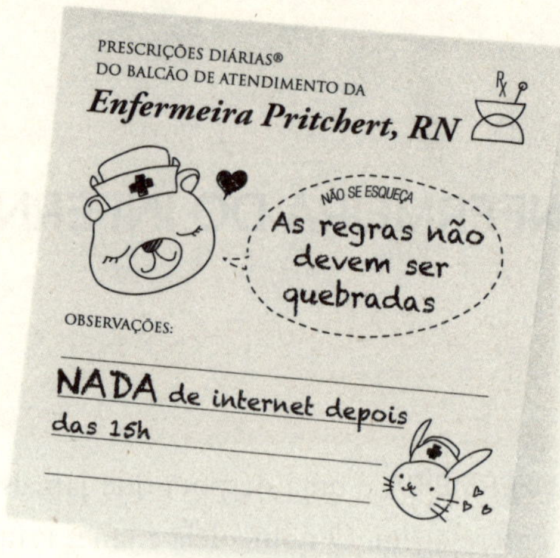

Minha mãe reinstalou a minha internet, mas apenas durante o horário de aula. Ela diz que só devo utilizar a rede para estudar, mas tenho certeza de que o fato de as aulas do Olly terem começado e agora ele só chegar em casa depois das três da tarde tem alguma coisa a ver com essa história.

Confiro as horas. São 14:30. Decido não controlar a minha atitude. A Enfermeira Janet nem me deu uma chance de quebrar uma regra antes de assumir que eu era uma delinquente.

As coisas não melhoram no dia seguinte:

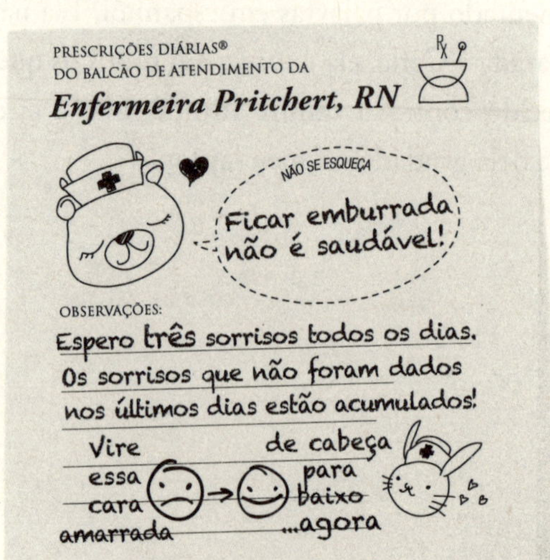

Na semana seguinte, desisto de qualquer esperança. Trocamos mensagens de texto em pequenos intervalos durante o dia entre as minhas aulas via Skype. Às três da tarde, a Enfermeira do Inferno desliga o roteador e nossa comunicação cessa. À noite, depois do jantar e depois de eu passar algum tempo com a minha mãe, Olly e eu olhamos um para o outro pela janela.

Imploro para que a minha mãe mude as regras, mas ela se recusa a barganhar. Ela diz que é para a minha própria proteção.

No dia seguinte, a Enfermeira do Inferno encontra outro motivo para me deixar um bilhete:

Encaro o bilhete lembrando que a Carla me disse a mesma coisa antes de ir embora: *A vida é um dom.* Será que estou desperdiçando a minha?

VIGÍLIA DA VIZINHANÇA #2

ROTINA DO OLLY

6:55 — Está na janela. Escreve AIᗡ MOᗺ no vidro.

7:20 — Espera que a Kara termine o cigarro.

7:25 — Vai para a escola.

15:45 — Volta da escola.

15:50 — Aparece na janela. Apaga AIᗡ MOᗺ e escreve IO no vidro.

21:05 — Volta para a janela. Escreve algumas perguntas.

22:00 — Escreve YᗡᗡAM ƎTIOИ AOᗺ no vidro.

ROTINA DA MADDY

6:50 — Espera que o Olly apareça na janela.

6:55 — Está alegre.

7:25 — Se desespera.

8:00 — 15:00 — Ignora a Enfermeira do Inferno. Assiste às aulas. Faz o dever de casa. Lê. Checa compulsivamente mensagens de texto. Lê mais.

15:40 — Observa o carro do Olly chegar.

15:50 — Está alegre.

16:00 — Mais dever de casa. Mais leitura.

18:00 — 21:00 — Jantar/passar um tempo com a mãe

21:01 — Esperar que o Olly apareça na janela.

21:05 — Está alegre. Responde às perguntas fazendo mímica.

22:01 — O desespero continua.

EDUCAÇÃO SUPERIOR

COM OLLY DE VOLTA à escola, nossas sessões de mensagem de texto se tornaram ainda mais limitadas. Ele me escreve sempre que possível — no intervalo entre as aulas ou, às vezes, bem no meio de uma delas. Durante a primeira semana ele faz o melhor que pode para me passar a impressão de que eu estou lá com ele. Olly me envia fotos de seu armário (#23), de seu quadro de aulas, da biblioteca e do bibliotecário, que é exatamente a imagem que eu tenho de um bibliotecário de uma escola de ensino médio: estudioso e incrível. Ele me manda fotos das equações de sua aula de matemática avançada, a lista de livros da aula de inglês avançado, fotos dos béqueres e das placas de petri de suas aulas de biologia e química.

Passei a primeira semana — e na verdade não tive a impressão de que o tempo estava passando, pois ficar sem vê-lo fazia o tempo passar muito devagar — fazendo todas as minhas coisas de sempre: lendo, aprendendo, evitando a morte. Inventei títulos alternativos para livros presentes na lista de leitura do Olly. *Um conto de dois beijos. O beijo é para todos. Enquanto beijo.* E por aí afora.

Entretanto, a questão não é apenas que eu esteja sentindo falta do Olly. Também estou com inveja da vida dele, do mundo que se expande além da porta de sua casa.

Ele me conta que o ensino médio não é nenhuma utopia, mas não estou convencida. Do que mais se pode chamar um lugar que existe apenas com a única intenção de ensinar sobre o mundo? Como se pode chamar um lugar com amigos, professores, bibliotecas, clubes do livro, de matemática, de debate ou de qualquer outra coisa, atividades extraclasse e possibilidades infinitas?

Lá pela terceira semana tornou-se mais difícil lidar com nosso relacionamento dessa nova forma. Sinto falta de *falar* com ele. Agora tudo que podemos fazer é um monte de mímica. Sinto falta de estar na mesma sala que ele, de sua presença física. Sinto falta da maneira como o meu corpo já tinha consciência do dele. Sinto falta de conhecer coisas novas sobre ele. Sinto falta de conhecer a Maddy que sou quando estou com ele.

Continuamos desse jeito, até que o inevitável acontece.

Fico olhando pela janela enquanto ele estaciona o carro. Espero que ele saia, para trocarmos nosso aceno de sempre, mas não é Olly quem sai primeiro.

Quem sai do carro é uma garota que não é a Kara.

Talvez ela seja amiga da Kara.

Mas então a Kara bate a porta do carro deixando Olly e a Garota Misteriosa sozinhos. A Garota Misteriosa ri de alguma coisa que Olly diz. Ela se vira, põe uma das mãos no ombro dele e sorri para ele do mesmo jeito que eu já tinha sorrido.

Fico chocada no início, quase sem conseguir acreditar no que meus olhos veem. Ela está tocando o *meu* Olly? Sinto um aperto no estômago. Estou sendo torcida bem no meio de uma mão gigante. Meus órgãos são deslocados até que eu me sinta *desconfortável* dentro da minha própria pele.

Deixo as cortinas caírem e me afasto da janela. Eu me sinto como algum tipo de intrometida.

As palavras da minha mãe voltam à minha mente. *Não quero ver você de coração partido.* Ela sabia o que aconteceria. Sempre vai haver outra pessoa. Alguém que não está doente. Alguém que pode sair da própria casa. Alguém que pode falar, tocar, beijar e fazer todas as outras coisas.

Contenho a vontade desesperada de voltar para a janela e avalio minhas possibilidades nessa competição. Entretanto, não se pode chamar de competição uma disputa em que apenas uma das pessoas envolvidas pode comparecer ao evento. E não importa qual seja a aparência dela. Não importa se ela tem pernas compridas ou curtas. Não importa se ela é pálida ou bronzeada, se seu cabelo é preto, castanho, ruivo ou loiro. Não importa se ela é bonita ou não.

O que importa é que ela pode sentir o sol sobre a pele. Ela respira um ar que não precisa ser filtrado. O que importa é que ela vive no mesmo mundo que Olly e eu não. Jamais viverei.

Dou outra espiada. A mão da garota ainda está no ombro do Olly e ela continua a rir. Ele franze a testa na direção da minha janela, mas não tenho certeza se pode me ver. Ele acena de qualquer forma, mas eu entro de novo, fingindo para nós dois que eu não estava ali.

ALOHA SIGNIFICA OLÁ E ADEUS, PARTE UM

CANCELEI OUTRA NOITE de mãe e filha, então minha mãe dá uma passada no meu quarto.

— E então? — ela começa.

— Desculpe por cancelar, mãe. Simplesmente não estou legal.

Ela imediatamente pressiona as costas de uma das mãos na minha testa.

— Mentalmente, não fisicamente — explico. Não consigo tirar a imagem da mão da Garota Misteriosa no ombro do Olly.

Ela assente, mas não tira a mão até se convencer de que eu não estou febril.

— E então? — Desta vez sou eu quem a provoca. Eu realmente quero ficar sozinha.

— Já fui adolescente um dia. E eu era filha única. Eu me sentia muito sozinha. Descobri que ser adolescente pode ser muito doloroso.

É por isso que ela está aqui? Por que ela acha que estou solitária? Por que ela acha que estou sofrendo de algum tipo de *angústia* adolescente?

— Não estou me sentindo sozinha, mãe — rosno. — Eu sou sozinha. Essas são duas coisas completamente diferentes.

Ela recua, mas não tira o time de campo. Em vez disso, larga o que quer que estivesse segurando até aquele momento e começa a acariciar a minha bochecha até que meus olhos encontram os dela.

— Eu sei, garotinha. — As mãos da minha mãe agora estão novamente atrás das costas. — Talvez esta não seja uma boa hora. Você quer que eu vá embora?

A minha mãe é sempre razoável e compreensiva. É difícil ficar irritada com ela.

— Não, está tudo bem. Desculpe. Pode ficar. — Afasto as pernas para o lado, abrindo espaço para ela. — O que você está segurando?

— Trouxe um presente. Achei que faria com que você se sentisse menos sozinha, mas agora eu não tenho muita certeza.

Ela tira uma fotografia emoldurada de detrás das costas. Meu coração se aperta dentro do peito. É uma velha foto de nós quatro — eu, minha mãe, meu pai e meu irmão — de pé, em uma praia, em algum lugar tropical. O sol está atrás da gente e quem quer que tenha tirado a foto fez uso do flash, pois nossos rostos estão brilhantes, quase fluorescentes contra o céu escuro.

Meu irmão está de mãos dadas com o meu pai e segurando um pequeno coelho de pelúcia com o outro braço. Ele é praticamente uma versão em miniatura da minha mãe, com o mesmo cabelo preto e liso e os olhos escuros. Meu pai está usando um short e uma camisa com a mesma estampa havaiana. *Pateta* é a única palavra em que consigo pensar para descrevê-lo. Ainda assim, ele é tão bonito. Um dos braços dele envolve os ombros da minha mãe e ele parece estar puxando-a para mais perto. Ele olha fixamente para a câmera. Se já existiu alguém que conseguiu tudo o que queria, essa pessoa era o meu pai.

Minha mãe está usando um vestido de verão florido, tomara que caia. As mechas de cabelo úmido caem ao redor de seu rosto. Ela não está usando maquiagem nem bijuterias. Na verdade, ela parece uma versão do universo alternativo da mãe que está ao meu lado neste exato momento. Ela parece pertencer mais à praia com aquelas pessoas do que a este quarto, onde fica trancafiada junto comigo. Ela está me segurando em seus braços e é a única que não olha para a câmera. Em vez disso, ela sorri para mim. Eu sorrio de volta, um sorriso idiota, desdentado, que só os bebês têm.

Eu nunca tinha visto uma foto minha do Lado de Fora antes. Nem sabia que existia algo do tipo.

— Onde é isso? — pergunto.

— Havaí. Maui era o lugar preferido do seu pai. — A voz dela se torna quase um sussurro. — Você tinha só quatro meses, foi antes de descobrirmos sua doença. Um mês antes do acidente.

Aperto a foto junto ao peito. Os olhos da minha mãe estão repletos de lágrimas que não caem.

— Amo você — ela diz. — Mais do que você pode imaginar.

Mas eu sei. Sempre senti o coração dela acelerando para proteger o meu. Ouço canções de ninar na voz dela. Posso sentir seus braços me balançando para que eu pegue no sono e seus beijos nas minhas bochechas pela manhã. E eu a amo também. Não sou capaz de imaginar o mundo do qual ela desistiu por mim.

Não sei o que falar, de maneira que digo que eu também a amo. Não é o suficiente, mas vai ter de servir.

Depois que ela vai embora, fico parada na frente do espelho segurando a fotografia junto ao meu rosto. Olho para mim na foto e para mim no espelho várias e várias vezes.

Uma fotografia é uma espécie de máquina do tempo. Meu rosto desvanece e estou na praia, cercada por amor, pelo ar salgado, pelo calor que está prestes a ceder um pouco e pelas sombras do pôr do sol.

Sinto meus pulmões minúsculos repletos com o máximo de ar que conseguem sugar e prendo a respiração. Eu a tenho segurado desde então.

MAIS TARDE, 21:08

OLLY JÁ ESTÁ ESPERANDO por mim quando vou até a janela. Em letras garrafais ele escreve:

PARCEIRA DE LABORATÓRIO

Faço uma mímica para demonstrar a minha total e completa ausência de ciúme.

O GALO AMA O LAGO

ÀS VEZES RELEIO OS MEUS livros preferidos de trás para a frente. Começo com o último capítulo e leio de trás para a frente até chegar ao início. Quando se lê dessa forma, os personagens vão da esperança ao desespero, do autoconhecimento à dúvida. Nas histórias de amor, os casais começam juntos e terminam como estranhos. Os romances de formação se tornam histórias sobre como perder o rumo. Os seus personagens preferidos voltam à vida.

Se a minha vida fosse um livro e eu o lesse de trás para a frente, nada mudaria. Hoje é o mesmo que ontem. Amanhã será o mesmo que hoje. No *Livro de Maddy*, todos os capítulos seriam o mesmo.

Até Olly aparecer.

Antes dele, minha vida era um palíndromo — a mesma coisa se lida de trás para a frente como "socorram-me, subi no ônibus em Marrocos" ou "o galo ama o lago". Só que Olly é como uma letra aleatória, um grande X maiúsculo no meio de uma palavra ou frase que acaba com a sequência.

E agora a vida não faz mais sentido. Quase desejo não ter conhecido Olly. Como posso voltar para a minha antiga vida, os dias se estendendo diante de mim infinita e brutalmente iguais? Como eu posso voltar a ser A Garota Que Lê? Não que eu me ressinta da minha vida com os livros. Tudo que sei do mundo aprendi com eles. Entretanto, uma descrição de uma árvore não é uma árvore e uma centena de beijos de papel nunca será capaz de gerar a mesma sensação que os lábios do Olly nos meus me proporcionou.

A PAREDE DE VIDRO

UMA SEMANA DEPOIS, algo me faz pular da cama. Minha cabeça está enevoada de sono, mas meu coração está desperto e bate acelerado. Ele sabe de alguma coisa da qual a cabeça ainda não faz a menor ideia.

Olho para o relógio. 3:01 da manhã. Minhas cortinas estão fechadas, mas posso ver uma luz no quarto do Olly. Eu me arrasto até a janela e afasto o tecido. Até as luzes da varanda estão acesas. Meu coração acelera ainda mais.

Ah, não. Eles estão brigando de novo?

Uma porta bate. O som é distante, mas inconfundível. Seguro as cortinas com uma das mãos fechadas em punho e espero, torcendo para que Olly apareça. Não tenho de esperar muito porque logo ele cambaleia varanda afora, como se houvesse sido empurrado.

O desejo de ir até ele toma conta de mim como da última vez. Quero ajudá-lo. *Preciso* ajudá-lo, confortá-lo, protegê-lo.

Ele restaura o equilíbrio com sua velocidade de sempre e se vira para encarar a porta com os punhos fechados. Eu me concentro no ataque que não acontece. Ele permanece na posição de luta, encarando a porta, por um minuto inteiro. Jamais o vi tão imóvel.

Outro minuto se passa e então a mãe dele também vai para a varanda. Ela tenta tocar o braço do Olly, mas ele a afasta e nem mesmo olha para ela. Por fim, ela desiste. Assim que ela desaparece, toda a tensão deixa o corpo dele. Ele aperta os olhos com as palmas das mãos e os ombros começam a tremer. Ele olha para a minha janela. Eu aceno, mas ele não responde. Percebo que Olly não consegue me ver porque as luzes estão apagadas. Corro até o interruptor, mas, quando volto para a janela, ele já foi embora.

Pressiono a testa, as palmas das mãos, os antebraços contra o vidro. Nunca na minha vida eu quis tanto estar fora da minha pele.

O MUNDO ESCONDIDO

ÀS VEZES O MUNDO SE revela para você. Estou sozinha no solário escurecido. O sol do fim da tarde corta um trapezoide de luz na janela de vidro. Olho para cima e vejo partículas de poeira flutuando, brancas como cristal e luminosas na suspensão da luz.

Há mundos inteiros que existem bem debaixo de nossa percepção sobre eles.

MEIA-VIDA

É ESTRANHO PERCEBER que você deseja morrer. Isso não acontece em um lampejo, em uma epifania repentina. É algo que acontece aos poucos, como o reverso de um balão furado.

A cena do Olly chorando sozinho na varanda não me abandona.

Analiso com cuidado as fotos da escola que ele me enviou. Eu me imagino em cada uma delas. Maddy na biblioteca. Maddy de pé ao lado do armário do Olly esperando para ir para a aula. Maddy como a Garota Que Mais Provavelmente Estará Ali.

Memorizo cada centímetro da minha foto de família, tentando adivinhar seus segredos. Eu me maravilho diante da Maddy que não está doente. Da Maddy bebê, sua vida se desdobrando diante dela como uma possibilidade infinita.

Desde que Olly entrou na minha vida há duas Maddys: aquela que vive através dos livros e não quer morrer e a que *vive* e suspeita que a morte é um pequeno preço a ser pago por isso. A primeira Maddy está surpresa com o caminho que seus pensamentos estão tomando. A segunda Maddy, aquela da foto no Havaí? Ela é como um deus — imune ao frio, à fome, à doença, aos desastres naturais e àqueles criados pelo homem. Ela é imune ao coração partido.

A segunda Maddy sabe que essa meia-vida pálida não significa viver de fato.

ADEUS

Querida mãe,

A primeira coisa é que eu amo você. Você já sabe disso, mas posso não ter a chance de dizer isso de novo.

Então, eu amo você eu amo você eu amo você.

Você é inteligente, forte, gentil e altruísta. Eu não poderia desejar uma mãe melhor.

Você não vai entender o que vou dizer. Não sei nem se eu mesma entendo.

Por sua causa eu estou viva, mãe, e sou tão, mas tão grata por isso. Por sua causa eu sobrevivi até agora e tive a chance de conhecer minha pequena parte do mundo. Porém, isso não é o suficiente. Não é sua culpa. Esta é uma vida impossível.

Não estou fazendo isso por causa do Olly. Ou talvez esteja. Eu não sei. Não sei como explicar. É por causa do Olly e ao mesmo tempo não é. É como se eu não conseguisse mais ver o mundo da velha maneira. Encontrei essa nova parte de mim mesma quando o conheci e essa nova parte não sabe como ficar parada apenas observando.

Lembra de quando lemos "O Pequeno Príncipe" juntas pela primeira vez? Fiquei tão irritada por ele morrer no final. Eu não conseguia entender como ele pôde escolher a morte só para voltar para a sua rosa.

Acho que agora eu entendo. Ele não escolheu morrer. A rosa era a vida dele. Sem ela, ele não poderia estar realmente vivo.

Eu não sei, mãe. Não sei o que estou fazendo, só sei que preciso fazer isso. Às vezes eu queria que as coisas pudessem voltar a ser como antes, antes de eu conhecer qualquer coisa. Mas isso não é possível.

Sinto muito. Me perdoe. Amo você.

Maddy

OS CINCO SENTIDOS

AUDIÇÃO

O teclado do alarme tenta anunciar a minha fuga emitindo um longo bipe toda vez que eu aperto um número. Só posso torcer para que o som seja tão inesperado e o quarto da minha mãe seja longe o suficiente da porta para que ela não ouça.

A porta se destranca com um suspiro.

Estou do Lado de Fora.

O mundo está tão silencioso que ruge.

TATO

A maçaneta da porta da frente é fria e lisa ao toque, quase escorregadia. É fácil soltá-la e é isso que eu faço.

VISÃO

São quatro da manhã e está muito escuro para ver os detalhes. Meus olhos percebem apenas a forma geral das coisas, silhuetas confusas contra o céu noturno. Árvores grandes, árvores menores, degraus, jardim, o caminho de pedra que leva ao portão com uma cerca de madeira de cada um dos lados. Portão, portão, portão.

OLFATO

Estou no jardim do Olly. O ar está repleto de odores intensos — flores, terra, meu medo crescente. Eu os armazeno em meus pulmões. Taco uma pedrinha na janela dele, desejando que Olly saia.

PALADAR

Olly está diante de mim, atordoado. Não digo nada. Pressiono meus lábios contra os dele. E pela primeira vez ele congela, indeciso e obstinado, mas então logo muda de atitude. Pegando-me de surpresa, ele puxa meu corpo com toda a força contra o dele. Uma de suas mãos está no meu cabelo e a outra envolve a minha cintura.

O gosto do Olly é exatamente como eu me lembrava.

OUTROS MUNDOS

RECUPERAMOS NOSSOS sentidos.

Bem, o Olly recuperou os dele. Ele me afastou e agarrou os meus ombros com ambas as mãos.

— O que você está fazendo aqui? Está tudo bem? Aconteceu alguma coisa? A sua mãe está legal?

Sou toda bravata.

— Estou bem. Minha mãe está bem. Estou fugindo.

— Não estou entendendo.

Respiro fundo, mas congelo no meio do caminho.

O ar da noite é frio, úmido, pesado e completamente diferente de qualquer ar que já respirei.

Tento *desrespirar*, expulsar o ar dos pulmões. Meus lábios formigam e me sinto tonta. Isso é só medo ou será alguma outra coisa?

— Maddy, Maddy — ele sussurra no meu ouvido. — O que você fez?

Não consigo responder. Minha garganta está bloqueada como se eu tivesse engolido uma pedra.

— Tente não respirar — diz ele, enquanto começa a me guiar de volta para a minha casa.

Deixo que ele me puxe por um segundo, talvez dois, mas então paro.

— O que é? Você não consegue andar? Quer que eu te carregue?

Faço que não com a cabeça e afasto as minhas mãos das dele.

Respiro uma lufada de ar.

— Eu disse que estou fugindo.

Ele faz um som como um rosnado.

— Do que você está falando? Esse é um último desejo?

— É o oposto disso — respondo. — Você vai me ajudar?

— Com o quê?

— Não tenho carro. Não sei dirigir. Não conheço nada do mundo.

Ele faz outro som que fica no meio do caminho entre um rosnado e uma gargalhada. Queria poder ver os olhos dele no escuro.

Alguma coisa bate. Uma porta? Pego a mão dele e nos esgueiramos junto à parede da casa.

— O que foi isso?

— Jesus. Uma porta. Na minha casa.

Pressiono ainda mais o corpo junto à parede, tentando desaparecer. Dou uma espiada em um dos caminhos que levam até a minha casa, esperando totalmente ver a minha mãe por ali, mas não há nem sinal dela.

Fecho os olhos.

— Leve-me para o telhado.

— Maddy...

— Vou explicar tudo.

Todo o meu plano depende da ajuda dele. Nem mesmo considero a possibilidade do Olly recusar.

Ficamos em silêncio durante o tempo de uma respiração. Depois o de duas. E então três.

Olly pega uma das minhas mãos e me guia ao redor da casa dele até o lado mais afastado da minha. Há uma escada alta que leva até o telhado.

— Você tem medo de altura? — ele pergunta.

— Não sei. — Começo a subir.

Eu me abaixo para me esconder assim que chegamos ao telhado, mas Olly me diz que não há necessidade disso.

— A maioria das pessoas, de qualquer forma, nem olha aqui para cima — ele explica.

Meu coração leva alguns minutos para voltar ao ritmo normal.

Olly se dobra para entrar com sua graça tão incomum de sempre. Estou feliz por vê-lo em ação.

— E agora? — ele pergunta depois de um tempo.

Olho ao redor. Sempre quis saber o que ele fazia aqui em cima. O telhado é triangular, separado em diferentes partes, mas estamos sentados na parte reta nos fundos. Distingo algumas formas: uma pequena mesa de madeira com uma caneca em cima dela, uma luminária e alguns papéis amassados. Talvez ele escreva aqui, componha poesia ruim. Quintilha humorística.

— Essa luminária funciona? — pergunto.

Ele a liga sem falar nada e a lâmpada espalha um círculo difuso de luz ao nosso redor. Já estou quase com medo de olhar para ele.

Os papéis amassados sobre a mesa são guardanapos de fast-food. Então quer dizer que não há nenhuma poesia secreta. Ao lado da mesa, uma grande lona cinzenta e empoeirada cobre alguma coisa, ou algumas coisas. O chão está tomado por ferramentas espalhadas — chaves inglesas, alicates de vários tamanhos, martelos e algumas outras que não reconheço. Tem até mesmo um maçarico.

Finalmente olho para Olly.

Seus cotovelos estão apoiados nos joelhos e ele contempla o céu que começa a clarear.

— O que você *faz* aqui? — insisto.

— Isso provavelmente não importa agora. — A voz do Olly é dura e ele não olha para mim. Não há nenhum sinal do garoto que beijei tão desesperadamente alguns minutos antes. O medo que ele sente de eu estar em perigo sufoca qualquer outro sentimento.

Às vezes você faz as coisas pelos motivos certos e outras pelos errados. Há ainda aquelas vezes em que é impossível saber a diferença.

— Tenho tomado comprimidos — digo.

Ele mal está se movendo, mas quando digo isso Olly fica completamente parado.

— Que comprimidos?

— Eles são experimentais, não são aprovados pelo Ministério da Saúde. Eu os encomendei pela internet. Vieram do Canadá. — A mentira sai fácil, não requer nenhum esforço.

— Pela internet? Como você sabe que são seguros?

— Fiz um monte de pesquisa.

— Mas ainda assim não tem como você ter certeza...

— Não sou imprudente. — Olho bem nos olhos dele. Essas mentiras são para a própria proteção de Olly. Ele já parece aliviado. Eu sigo em frente. — Eles devem me dar alguns dias aqui fora. Não contei para a minha mãe porque ela não ia querer correr o risco, mas eu...

— Porque é arriscado. Você acabou de falar que o Ministério da Saúde...

— Eles são seguros o suficiente por alguns dias. — Meu tom não apresenta a menor dúvida. Eu espero, torço para que ele engula a minha mentira.

— Jesus. — Ele esconde o rosto com as mãos. Quando olho para cima, um Olly menos obstinado me encara de volta. Sua voz se torna mais suave. — Você deveria ter me dito isso cinco minutos atrás.

Faço o meu melhor para deixar o clima mais leve.

— Estávamos nos beijando! E depois você ficou irritado comigo. — Fico vermelha por falar do beijo e graças à facilidade com que minto. — Eu ia contar para você. Estou contando. Acabei de fazer isso.

Ele é esperto demais para cair nessa, mas quer que as minhas palavras sejam verdade. Ele quer que isso seja verdade, mais até do que seu próprio desejo de saber a verdade. O sorriso que se abre no rosto dele é cauteloso, mas tão bonito que não consigo desviar o olhar. Eu mentiria para ele novamente só para ver esse sorriso.

— Agora —, digo —, o que tem debaixo daquela coisa?

Ele me passa uma das pontas da lona e eu a puxo.

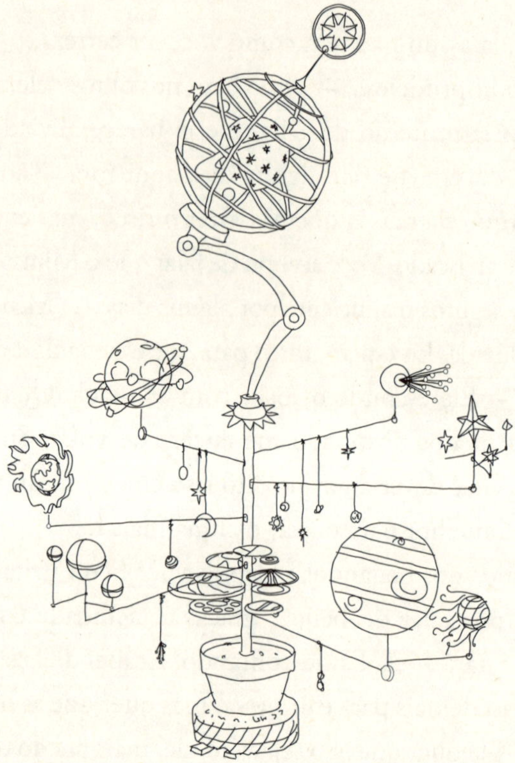

No início, não tenho certeza do que estou olhando. É como ler uma coleção aparentemente aleatória de palavras antes da frase se tornar clara.

— É bonito — elogio.

— É um sistema solar mecânico.

— É isso que você tem feito aqui? Criado um universo?

Ele dá de ombros.

Uma leve brisa sopra pela janela e os planetas começam a rodar devagar. Nós dois contemplamos seu movimento sem falar nada.

— Você tem certeza disso? — A dúvida rasteja pela voz dele.

— Por favor, me ajude, Olly. Por favor. — Aponto para o sistema solar mecânico. Também preciso de uma fuga, só por um tempinho.

Ele assente.

— Aonde você quer ir?

ALOHA SIGNIFICA OLÁ E ADEUS, PARTE DOIS

Email

ESCREVER

ENTRADA (2)
ENVIADOS
RASCUNHOS
LIXEIRA
MAIS ▾

1 de 2,778

Mahalo Por Escolher as Linhas Aéreas Plumeria!

Linhas Aéreas Plumeria <servcons@plumeriaair.com>
para mim

Linhas Aéreas Plumeria

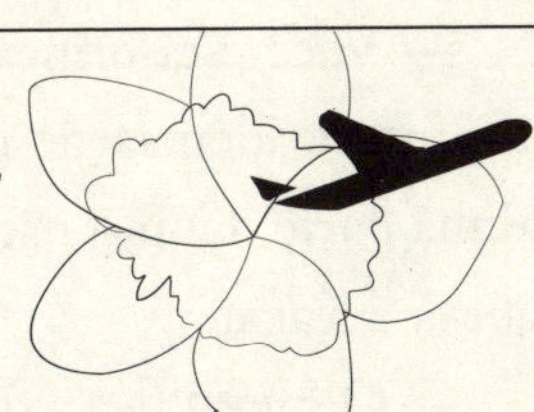

Prepare-se para dizer Aloha!

Seguem os detalhes do seu voo.

SAÍDA	DE	PARA	PASSAGEIRO(S)	CLASSE	ASSENTO
Out 10, 2014 7:00	LAX Los Angeles, CA	OGG Kahului, HI	Madeline Whittier	Econômica	21F
			Oliver Bright	Econômica	21E

JÁ FELIZ

— MADS, FALA SÉRIO. Não podemos ir para o Havaí.

— Por que não? Tenho as passagens de avião. Reservei um hotel para a gente.

Estamos sentados dentro do carro do Olly, que está parado na entrada da garagem. Ele coloca a chave na ignição, mas não liga o motor.

— Você está brincando? — Ele examina o meu rosto em busca de qualquer evidência de que tudo isso não passa de uma brincadeira da minha parte. Como não encontra nenhum indício, começa a balançar a cabeça devagar.

— O Havaí fica a quase quinhentos quilômetros de distância.

— Por isso vamos de avião.

Ele ignora minha tentativa de deixar o clima mais leve.

— Você está falando sério? Quando você fez isso? Como? Por quê?

— Mais uma pergunta e vamos ter uma sessão de cinco perguntas. Como a que fazemos das nossas coisas preferidas.

Ele se inclina para a frente e pressiona a cabeça contra o volante.

— Noite passada com um cartão de crédito porque eu quero ver o mundo.

— Você tem um cartão de crédito?

— Fiz um cartão algumas semanas atrás. Andar com uma mulher mais velha tem as suas vantagens.

Ele afasta a testa do volante, mas ainda olha fixo para a frente, sem olhar para mim.

— E se alguma coisa acontecer com você?

— Não vai acontecer nada.

— Mas e se acontecer?

— Eu tenho os comprimidos, Olly. Eles vão funcionar.

Ele fecha os olhos bem apertados e coloca uma das mãos sobre a chave.

— Você sabe que já tem muito mundo para conhecer por aqui mesmo, no sul da Califórnia.

— Mas aqui não tem humuhumunukunukuapua'a.

Um pequeno sorriso se forma nos cantos dos lábios dele. Preciso fazer com que se espalhe por todo o rosto do Olly.

Ele se vira para mim.

— Do que você está falando?

— O humuhumunukunukuapua'a.

— O que é um humu-sei-lá-o-quê?

— O peixe oficial do estado do Havaí.

O sorriso cresce.

— É claro que é. — Ele vira a chave na ignição. Seus olhos vagam pela fachada da casa e o sorriso desaparece, ainda que apenas por um momento.

— Por quanto tempo?

— Duas noites.

— Tudo bem. — Ele pega uma das minhas mãos e dá nela um beijo rápido. — Vamos ver esse peixe.

O humor do Olly melhora, tornando-se mais leve de alguma forma à medida que nos afastamos da casa dele. Essa viagem lhe dá a desculpa perfeita para escapar do fardo de sua família por um tempo. Ele também tem um velho amigo da época de Nova York, Zach, que vive em Maui.

— Você vai adorá-lo — ele me diz.

— Vou adorar tudo.

Nosso voo só sai às sete da manhã e há um desvio que quero fazer.

Estar no carro dele é como estar dentro de uma bolha muito barulhenta e veloz. Ele se recusa a abrir as janelas. Em vez disso, aperta um botão no painel para prevenir a circulação de ar. O som dos pneus no asfalto é como um assovio baixo e constante nos meus ouvidos. Luto contra o desejo de tapá-los.

Olly fala que não está indo muito depressa, mas para mim estamos colidindo com o espaço. Já li que passageiros em trens de alta velocidade dizem que o mundo do lado de fora parece estar borrado. Sei que não estamos nem perto disso, mas, ainda assim, a paisagem se move muito depressa para que os meus olhos lentos consigam captá-la. Mal consigo ter um relance das casas nos morros marrons a distância. Placas no alto com símbolos e caracteres crípticos passam por mim antes que eu possa decifrá-los. Os adesivos de para-lama e as placas dos outros carros aparecem e somem em um piscar de olhos.

Apesar de eu entender a física da coisa, acho estranho o meu corpo estar se movendo apesar de eu estar parada dentro do carro. Bem, não estou exatamente imóvel. Sou empurrada para trás no meu assento sempre que Olly acelera e dou uma guinada para trás sempre que ele freia.

Uma vez ou outra vamos devagar o suficiente para que eu veja as pessoas nos outros carros.

Passamos por uma mulher que balança a cabeça e dá tapinhas no volante. Só depois que a ultrapassamos me dou conta de que ela está provavelmente dançando. Duas crianças no banco de trás de outro carro mostram a língua para mim e caem na gargalhada. Não faço nada porque não tenho certeza de qual é a regra de etiqueta para esse tipo de situação.

Aos poucos, assumimos uma velocidade mais humana quando deixamos a autopista.

— Onde nós estamos? — pergunto.

— Ela mora em Koreatown.

Eu me sinto tonta por tentar olhar para tudo ao mesmo tempo. Há placas extremamente iluminadas e letreiros luminosos escritos apenas em coreano. Já que não entendo a língua, as placas parecem obras de arte com formas belas e misteriosas. É claro que elas querem dizer coisas tão mundanas quanto *Restaurante*, *Farmácia* ou *Aberto 24 Horas*.

É cedo, mas ainda assim há muita gente na rua fazendo várias coisas: andando, conversando, sentadas ou de pé, correndo ou andando de bicicleta. Quase não acredito que elas são de fato reais. Elas são simplesmente como as minifiguras que eu coloco nas minhas maquetes de arquitetura, que aqui dão a Koreatown um *vigor de vida.*

Ou talvez seja eu que, no fim das contas, não seja nem um pouco real.

Seguimos por mais alguns minutos. Finalmente estacionamos diante de um condomínio de prédios de dois andares com um chafariz no pátio central.

Ele desata o cinto de segurança, mas não faz nenhum movimento no intuito de sair do carro.

— Nada pode acontecer com você — ele diz.

Estico um dos braços e pego a mão dele.

— Obrigada. — Isso é tudo que consigo pensar em falar. Quero lhe contar que é por causa dele que estou aqui fora. Que o amor faz com que o mundo se abra.

Eu era feliz antes de conhecê-lo. Mas agora estou viva e isso não é a mesma coisa.

INFECTADA

CARLA BERRA E COBRE o rosto quando me vê pela primeira vez.

— Você é um fantasma? — Ela me pega pelos ombros, me aperta contra seu colo, me sacode de um lado para o outro e então me aperta de novo. Não tenho mais nenhum ar nos pulmões quando ela termina.

— O que você está fazendo aqui? Você não pode estar aqui — ela diz, ainda me apertando.

— Também estou feliz em vê-la — eu falo.

Ela se afasta, balança a cabeça como se eu fosse algum tipo de milagre e me agarra mais um pouco.

— Ah, minha menina. Como eu senti sua falta. — Ela esconde o rosto com as mãos.

— Também senti saudade. Desculpe pelo...

— Pare. Você não tem nada que se desculpar.

— Você perdeu o emprego por minha causa.

Ela dá de ombros.

— Já arrumei outro. Além do mais, é de você que eu sinto falta.

— Também sinto sua falta.

— Sua mãe fez o que tinha de ser feito.

Não quero falar sobre a minha mãe, por isso olho ao redor em busca do Olly, que está de pé, afastado de nós.

— Você lembra do Olly — digo.

— Como eu poderia esquecer aquele rosto? E aquele corpo — Carla fala definitivamente alto demais para que ele escute. Ela marcha até ele e lhe dá um abraço apenas um pouco mais contido do que aquele que acabou de me dar.

— Você está tomando conta da nossa menina? — Ela se afasta e dá uns tapinhas um pouco fortes demais nas bochechas dele.

Olly as esfrega.

— Estou fazendo o meu melhor. Não sei se você sabe, mas ela pode ser um pouco teimosa.

Carla olha para mim e para Olly alternadamente por um longo segundo, percebendo a tensão entre nós.

Ainda estamos de pé na porta.

— Entrem, entrem — convida Carla.

— Não esperávamos que você fosse estar acordada assim tão cedo — digo enquanto entramos.

— Você para de dormir quando fica velha. Vocês verão isso.

Eu queria retrucar que *nunca vou ficar velha!* Mas, em vez disso, pergunto:

— A Rosa está em casa?

— Lá em cima, dormindo. Você quer que eu a acorde?

— Não temos tempo. Eu só queria ver você.

Ela pega o meu rosto nas mãos novamente e me examina, desta vez com olhos de enfermeira.

— Devo ter perdido um monte de coisas. O que você está fazendo aqui? Como você está se sentindo?

Olly se aproxima um pouco mais no intuito de ouvir a minha resposta. Cruzo os braços sobre a barriga.

— Estou ótima — afirmo com uma empolgação excessiva.

— Conte a ela sobre os comprimidos — diz Olly.

— Que comprimidos? — Carla quer saber, olhando apenas para mim.

— Conseguimos uns comprimidos. Uma droga experimental.

— Eu sei que a sua mãe não deixa você tomar nada experimental.

— Consegui esse remédio sozinha. A minha mãe nem sabe.

Ela assente, sem parecer convencida.

— Onde?

Digo a mesma coisa que contei para Olly, mas ela não acredita em mim. Nem por um segundo. Ela cobre a boca com uma das mãos e seus olhos se arregalam como os de um personagem de desenho animado.

Coloco tudo o que sinto nos meus olhos e imploro para que ela não diga nada. *Por favor, Carla. Por favor, entenda. Por favor, não me exponha. Você disse que a vida é um dom.*

Ela desvia o olhar e traça pequenos círculos em um buraco no decote de sua camiseta.

— Vocês devem estar com fome. Vou preparar um café da manhã.

Ela nos encaminha até um sofá amarelo que parece ser excessivamente macio antes de desaparecer na cozinha.

— Não era bem assim que eu imaginava a casa dela — comento com Olly assim que Carla sai da sala. Não quero que ele faça perguntas sobre os comprimidos.

Nenhum de nós dois se senta. Eu me afasto um ou dois passos dele. As paredes são pintadas de cores primárias. Bibelôs e fotos cobrem quase todas as superfícies.

— Ela pareceu ok com essa história das pílulas — Olly finalmente declara. Ele se aproxima, mas eu fico tensa. Tenho medo de que ele sinta a mentira ao tocar a minha pele.

Vago pela sala olhando para as fotos de gerações de mulheres. Todas elas se parecem com a Carla. Há um retrato enorme dela segurando a Rosa quando era bebê pendurada sobre o sofá. Algo nessa foto me faz lembrar minha mãe. É a forma com que ela olha para Rosa não apenas com amor, mas também com uma espécie de ferocidade, como se fosse capaz de fazer qualquer coisa para protegê-la. Jamais serei capaz de retribuir tudo o que ela fez por mim.

Para o café, Carla faz *chilaquiles* — tortilhas de milho com molho e queijo, e *crema mexicana*, que é um negócio parecido com *crème fraîche*. É novo e delicioso, mas eu só como um pedacinho porque estou muito nervosa para comer.

— Então, Carla, na sua opinião profissional, você realmente acha que esses comprimidos estão funcionando? — Olly pergunta. A voz dele é tomada pelo otimismo.

— Talvez — ela diz, mas logo balança a cabeça e completa: — Não quero dar nenhuma falsa esperança.

— Diga-me — peço. Preciso perguntar a ela por que ainda não passei mal, mas não consigo. Sou prisioneira de minhas próprias mentiras.

— Podem ser os comprimidos que estão atrasando sua doença. Mesmo sem eles, pode ser que você ainda não tenha entrado em contato com nenhum dos seus gatilhos.

— Ou pode ser que os comprimidos estejam funcionando — diz Olly. Ele está mais do que esperançoso. Até onde sabe, esses comprimidos são um milagre.

Carla acaricia as mãos do Olly do outro lado da mesa.

— Você é um bom menino.

Ela evita olhar para mim, recolhe nossos pratos vazios e volta para a cozinha.

Eu a sigo. A vergonha torna meus passos mais lentos.

— Obrigada.

Ela seca as mãos em uma toalha.

— Eu a entendo. Entendo por que você veio até aqui.

— Eu posso morrer, Carla.

Ela molha um pano de prato e seca uma mancha inexistente na bancada.

— Deixei o México no meio da noite sem nada. Não pensei se eu ia sobreviver. Um monte de gente acaba morrendo, mas eu fui assim mesmo. Deixei para trás minha mãe, meu pai, minha irmã e meu irmão. — Ela molha mais uma vez o pano de prato e continua: — Eles tentaram me deter. Disseram que essa fuga não valia a minha vida, mas *eu* disse que aquela era a *minha* vida e cabia a mim decidir o que valia a pena. Falei que eu iria mesmo assim, ou para morrer, ou para ter uma vida melhor. — Ela molha o pano mais uma vez e o torce bem apertado. — Vou te dizer, quando deixei a minha casa naquela noite, jamais havia me sentido tão livre. Mesmo hoje, depois de todo esse tempo em que já estou aqui, nunca me senti tão livre como naquela noite.

— E você se arrepende?

— Claro que eu me arrependo. Um monte de coisa ruim aconteceu durante a viagem. E, quando os meus pais morreram, não pude voltar para o funeral. Rosa não sabe nada sobre suas origens. — Ela suspira. — Você não está viva se não tiver arrependimentos.

Do que eu vou me arrepender? Duas visões giram na minha mente: minha mãe sozinha no meu quarto branco imaginando para onde foram todos que ela amava. Minha mãe sozinha em um campo verdejante olhando para a minha lápide e as do meu pai e do meu irmão. Minha mãe morrendo sozinha naquela casa.

Carla toca um dos meus braços e faço um esforço para que todas essas imagens sumam mais do que depressa da minha cabeça. Não aguento pensar nessas coisas. Se eu pensar nelas, não conseguirei viver.

— Talvez eu não passe mal — sussurro.

— É, pode ser que isso não aconteça — ela diz e a esperança se espalha pelo meu corpo como um vírus.

FALO C/ VC + TARDE

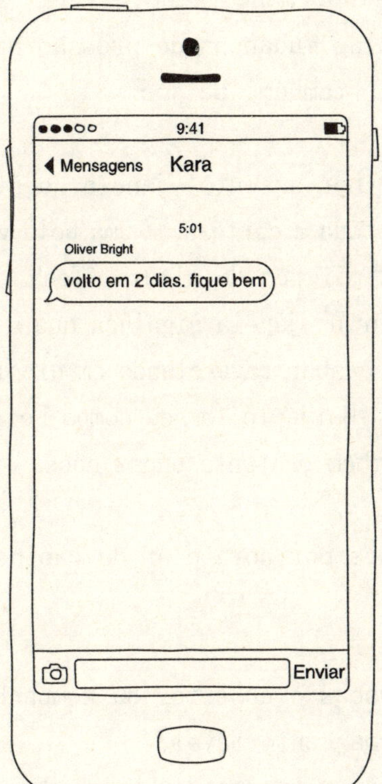

FAQ DO PASSAGEIRO DE AVIÃO DE PRIMEIRA VIAGEM

P: Qual é a melhor maneira de aliviar as dores de ouvido causadas pelas mudanças de pressão na cabine?
R: Chiclete. E, também, beijos.

P: Qual é o melhor assento: janela, centro ou corredor?
R: Janela, com toda a certeza. É uma bela visão do mundo a que se tem a 32 mil pés de altura. Tenha consciência de que pegar o lugar na janela significa que o seu companheiro de viagem pode acabar tagarelando em níveis espetacularmente entediantes. Beijá-lo (o seu companheiro de viagem, não o tédio) é também bastante eficaz nessa situação.

P: Quantas vezes por hora o ar da cabine é renovado?
R: Vinte.

P: Quantas pessoas o cobertor da companhia aérea pode cobrir de forma confortável?
R: Duas. Lembre-se de erguer o braço do assento entre vocês e se aconchegar o mais próximo possível do companheiro de viagem para o máximo de cobertura.

P: Como é possível que os seres humanos tenham inventado algo tão impressionante como o avião e algo tão horrível como a bomba nuclear?

R: Os seres humanos são misteriosos e paradoxais.

P: Teremos turbulências?

R: Sim. Um pouco de turbulência pode acontecer na vida de qualquer pessoa.

A ESTEIRA

— ACHO QUE ESTEIRAS de bagagem são uma metáfora perfeita para a vida — Olly comenta de cima de uma delas, que está parada.

Nenhum de nós dois despachou nenhuma bagagem. Tudo que carrego é uma pequena mochila com o essencial: escova de dentes, uma calcinha limpa, o guia de viagem *Lonely Earth Maui* e *O Pequeno Príncipe.* É claro que eu tinha de ter levado esse livro comigo. Vou lê-lo mais uma vez para ver como o sentido da história mudou para mim.

— Quando você chegou a essa conclusão? — pergunto.

— Agora mesmo. — Ele está em um humor excêntrico, criando um monte de teorias, esperando apenas que eu peça para ele explicar aquela ideia.

— Quer pensar mais um pouco a respeito antes de me regalar com o desenvolvimento da sua teoria?

Ele faz que não com a cabeça e pula bem na minha frente.

— Gostaria de começar a *regalar* você agora. Por favor.

Faço um gesto magnânimo para que ele continue.

— Você nasce. Você é jogado nessa geringonça chamada vida que simplesmente não para de girar.

— Nessa sua teoria as pessoas são as bagagens?

— Sim.

— Prossiga.

— Às vezes você cai prematuramente. Às vezes você é tão danificado pelas outras malas que caem na sua cabeça que não funciona mais direito. Às vezes você se perde ou é esquecido e fica rodando para todo o sempre.

— E aquelas que são pegas?

— Elas vão viver vidas monótonas trancafiadas num armário em algum lugar.

Abro a boca algumas vezes, sem ter certeza de por onde começar. Ele encara isso como um sinal de concordância.

— Viu? É perfeito. — Os olhos dele sorriem para mim.

— Perfeito. — Eu me refiro a ele e não à teoria. Entrelaço meus dedos com os dele e olho ao redor. — É como você se lembra? — Olly já esteve ali com sua família em férias quando tinha dez anos.

— Não me lembro de muita coisa, na verdade. Lembro do meu pai dizendo que não os mataria se gastassem um pouco de dinheiro para criar uma primeira impressão um pouco melhor.

O terminal é pontilhado por pessoas que dão as boas-vindas aos turistas — havaianas em vestidos longos com estampas floridas segurando placas de boas-vindas e colares feitos com orquídeas brancas e roxas ao redor dos pulsos. O ar não tem cheiro de oceano. Em vez disso, tem um odor industrial, de combustível de avião e produtos de limpeza. É um cheiro que eu poderia vir a amar, já que ele significa que estou viajando. Ao nosso redor, a intensidade do odor aumenta e diminui, pontuada por um coro de *alohas* entoado tanto pelo pessoal das boas-vindas quanto por familiares de passageiros. Minha primeira impressão não é nada má. Fico imaginando como o pai do Olly passou todo esse tempo vivendo nesse mundo sem saber o que é mais precioso.

— Na sua teoria da bagagem, a sua mãe é uma das malas que foram danificadas?

Ele faz que sim com a cabeça.

— E a sua irmã? Ela é uma das que se perderam e ficam rodando e rodando para sempre?

Ele faz que sim novamente.

— E você?

— O mesmo que a minha irmã.

— E o seu pai?

— Ele é a esteira.

Balanço a cabeça.

— Não. — Eu pego a mão dele. — Ele não tem nada, Olly.

Eu o deixei envergonhado. Ele tira a mão da minha, se afasta um pouco e estuda o terminal.

— Você, minha querida, precisa de um colar de flores. — Ele faz um gesto para uma das havaianas que ainda não encontrou o seu grupo de turistas.

— Não preciso não — retruco.

— Ah, mas você precisa sim — ele insiste. — Espere aqui. — Olly vai até a garota. No início, ela faz que não com a cabeça, mas Olly persiste, como se não fosse desistir. Alguns segundos depois, os dois estão olhando para mim. Aceno para provar que sou legal e amigável, o tipo de pessoa para quem ela gostaria de dar um colar de flores.

Ela cede. Olly retorna triunfante. Ergo uma das mãos para pegar o colar, mas em vez disso ele o coloca no meu pescoço.

— Você sabe que originalmente os colares de flores são dados apenas para a nobreza — digo, repetindo o que li no meu guia. Ele ergue o meu cabelo e acaricia a parte de trás do meu pescoço antes de soltar o colar.

— E quem não sabe disso, princesa?

Passo os dedos sobre o colar, sentindo como se as flores pudessem transferir sua beleza para mim.

— *Mahalo nui loa* — digo. — Quer dizer "muito obrigada".

— Você leu todas as palavras do guia, não é?

Faço que sim com a cabeça.

— Eu adoraria ter uma mala — comento. — Eu a envolveria com plástico quando viajasse. Colaria adesivos de todos os lugares a que já fui. E, quando eu a visse na esteira, eu a agarraria com ambas as mãos e ficaria muito feliz em pegá-la porque aí eu teria certeza de que a minha aventura realmente começou.

Ele olha para mim, um ateu confrontando-se não com a evidência, mas pelo menos com a possibilidade da existência de Deus. Ele me envolve em seus braços e, quando estamos embrulhados um no outro, seu rosto se enterra no meu cabelo e meu rosto está pressionado contra o seu peito, nem mesmo a luz do sol passa entre os nossos corpos.

— Não morra — ele diz.

— Não morrerei — devolvo.

DICIONÁRIO DA MADELINE

pro.mes.sa (pɾõ.mˈɛ.sɐ) *s.f. pl.* -s **1.** A mentira que você deseja manter. [2015, *Whittier*]

AQUI AGORA

DE ACORDO COM O guia, Maui tem o formato de uma cabeça. Nosso táxi nos levará pelo pescoço e pela mandíbula, o queixo, a boca e o nariz até o final da testa. Reservei um hotel em Ka'anapali, que, geograficamente falando, é o crânio, bem acima do início do cabelo.

Viramos em uma esquina e de repente o oceano está lá, junto à estrada à nossa esquerda. Não deve estar a mais de cem metros de distância.

A vasta imensidão do mar é chocante. Ele vai até o fim do mundo.

— Não acredito que eu perdi isso tudo — digo. — Perdi todo esse mundo imenso.

Ele balança a cabeça.

— Uma coisa de cada vez, Maddy. Estamos aqui agora.

Olho novamente para os olhos cor de oceano do Olly e me afogo, cercada por água de todos os lados. Há tanta coisa para ver e é difícil saber no que prestar atenção. O mundo é grande demais e não há muito tempo para vê-lo.

Mais uma vez, ele lê a minha mente.

— Quer parar para dar uma olhada?

— Sim, por favor.

Ele pergunta ao motorista se estaria tudo bem se déssemos uma parada e ele responde que não há o menor problema. Ele conhece um bom lugar para isso, uma praia com uma área para piqueniques.

Saio do carro antes que o motorista desligue o motor. A água está a apenas uma caminhada curta ladeira abaixo e então é só cruzar a areia.

Olly segue a uma certa distância de mim.

O oceano.

Ele é maior, mais azul e mais turbulento do que eu imaginava. O vento ergue o meu cabelo, esfrega areia e sal contra a minha pele, invade meu nariz. Espero até descer a ladeira para tirar os sapatos. Enrolo as barras do jeans até onde sou capaz. A areia é quente, seca e solta. Os meus pés abrem caminho entre ela e os grãos escorregam entre os meus dedos.

À medida que me aproximo da água, a areia muda. Agora ela gruda nos meus dedos, cobrindo-os como uma segunda pele. Na beira da água, ela muda mais uma vez e me causa a sensação de veludo líquido. Meus pés deixam marcas nessa mistura macia.

Por fim, meus pés estão na água, em suas ondas, e depois meus tornozelos, minhas panturrilhas. Não paro de me mover até que a água esteja nos meus joelhos e encharque meu jeans.

— Tome cuidado — Olly grita de algum lugar atrás de mim.

Não tenho certeza do que isso significa neste contexto. Devo ser cuidadosa porque posso me afogar? Devo ser cuidadosa porque posso ficar doente? Devo ser cuidadosa porque, se eu me tornar parte deste mundo, ele também fará parte de mim?

Porque não há como negar isso agora. Eu estou no mundo.

E, também, o mundo está em mim.

DICIONÁRIO DA MADELINE

o.ce.a.no (o.si.ˈɐ̃.nʊ) *s.m. pl.* -s 1. A parte infinita de si mesmo que nunca conheceu, mas sempre suspeitou de que estava ali. [2015, *Whittier*]

RECOMPENSA SE ENCONTRADO

NOSSO HOTEL FICA bem em frente à praia e podemos sentir o cheiro do oceano do pequeno lobby ao ar livre. Somos recebidos com mais *alohas* e colares de flores. Olly me dá o dele, assim tenho três camadas ao redor do pescoço. Um carregador de malas vestido com uma camiseta havaiana amarela e branca se oferece para carregar nossa bagagem inexistente. Olly faz um ruído sobre o fato de nossa bagagem só chegar mais tarde e me conduz para longe dele antes que possa perguntar mais alguma coisa.

Cutuco Olly diante do balcão de check-in e lhe passo nossos documentos.

— Bem-vindos a Maui, sr. e sra. Whittier — diz a mulher do outro lado do balcão. Ele não corrige o erro, simplesmente me puxa para mais perto e me dá um sonoro estalinho nos lábios.

— Muito *mahalo* — diz ele, abrindo um imenso sorriso.

— Vocês vão ficar com a gente por... duas noites.

Olly olha para mim em busca de confirmação e eu faço que sim com a cabeça.

Ela digita algumas coisas e nos diz que, apesar de ainda ser cedo, nosso quarto já está pronto. Ela me dá a chave e o mapa do lugar e nos informa sobre o bufê de café da manhã que está incluído na diária.

— Aproveitem sua lua de mel! — Ela nos dá uma piscadinha e nos libera.

O quarto é pequeno, muito pequeno, e decorado de forma muito parecida com o lobby, com móveis de teca e grandes quadros retratando flores tropicais. Nossa varanda — chamada de *lanai* — dá para um pequeno jardim e para o estacionamento.

Do centro do quarto, giro 360 graus para ver o que é considerado necessário em uma moradia temporária — televisão, uma pequena geladeira, um armário enorme, uma escrivaninha e uma cadeira. Viro mais 360 graus para descobrir o que falta.

— Olly, onde estão as nossas camas? Onde vamos dormir?

Ele parece momentaneamente confuso até que vê algo.

— Ah, você está se referindo a isso? — Ele entra no que parecia ser um imenso armário, pega os dois puxadores mais altos e os puxa para revelar uma cama. — *Voilà* — ele diz. — O modelo ideal para os dias modernos, a eficiência da economia de espaço. O ápice do estilo e do conforto, da conveniência e da praticidade. Eu lhe apresento a cama Murphy.

— Quem é Murphy? — pergunto, ainda surpresa com o fato de uma cama poder sair de uma parede.

— O inventor dessa cama. — Ele me dá uma piscadinha.

Com a cama aberta, o quarto parece ainda menor. Nós dois a observamos por mais tempo que o necessário. Olly volta a olhar para mim. Já estou vermelha antes de ele começar a falar.

— Tem só uma cama. — A voz é neutra, diferente de seus olhos. A expressão no rosto dele faz com que eu fique ainda mais vermelha.

— Então... — falamos ao mesmo tempo. Caímos na risada, risadas inibidas no início e depois rimos de nós mesmos por nos sentirmos tão sem graça.

— Onde está o guia? — ele pergunta, finalmente quebrando o contato visual e procurando o livro pelo quarto. Ele pega a minha mochila e enfia uma das mãos dentro dela, mas acaba tirando *O Pequeno Príncipe* de lá de dentro.

— Vejo que você trouxe apenas o essencial — ele implica comigo, jogando o livro para cima. Ele sobe na cama e começa a pular em cima dela. As molas da Murphy começam a protestar em alto e bom som. — Esse não é o seu livro favorito de todos os tempos? — Ele vira o livro nas mãos. — Lemos *O Pequeno Príncipe* no primeiro ano. Tenho certeza de que não entendi nada.

— Você devia tentar de novo. O significado muda cada vez que você o lê.

Ele olha para mim.

— E quantas vezes você...

— Algumas.

— Mais ou menos de vinte?

— Tudo bem, mais do que algumas.

Ele sorri e abre a capa dianteira.

— Propriedade de Madeline Whittier. — Ele vira a página e continua a ler. — Uma visita comigo (Madeline) a um sebo. Mergulho com snorkel comigo (Madeline) na ilha de Molokini, para observar o peixe oficial do Havaí.

Ele para de ler em voz alta, mas continua a fazê-lo em silêncio.

— Quando você escreveu isso? — ele quer saber.

Começo a subir na cama, mas paro quando o quarto balança um pouco. Tento novamente e outra onda de vertigem faz com que eu perca o equilíbrio.

Eu me viro e sento, evitando olhar para ele. Meu coração se aperta tão dolorosamente no peito que fico sem ar.

Olly logo de imediato está ao meu lado.

— Mad, o que foi? O que há de errado?

Ah, não. Não tão cedo. Não estou pronta.

— Estou tonta — explico. — E o meu estômago...

— Precisamos ir ao hospital?

Meu estômago ruge, um som alto e longo que se repete.

Olho para ele.

— Acho que eu estou...

— Com fome — completamos ao mesmo tempo.

Fome.

É isso o que estou sentindo. Não estou passando mal, estou apenas com fome.

— Estou faminta — digo. Nas últimas 24 horas dei apenas uma mordida no chilaquiles e comi um punhado de fatias de maçã da Enfermeira do Inferno.

Olly começa a rir tanto que acaba indo parar na ponta da cama.

— Fiquei preocupado com que alguma coisa no ar fosse matar você. — Ele pressiona as costas das mãos sobre os olhos. — Em vez disso, você ia morrer era de fome.

Na verdade, jamais senti fome antes. Na maior parte dos dias, eu sempre fazia três refeições e dois lanches exatamente nos mesmos horários. Carla acreditava muito na comida. *Barriga vazia, cabeça vazia*, ela costumava dizer.

Eu me deito e começo a rir com ele.

Sinto novamente um aperto no coração, mas o ignoro.

LEMBRANÇA DAS COISAS DO PRESENTE

EU ME SINTO MUITO melhor depois que comemos alguma coisa. Precisamos de roupas de banho e, de acordo com o Olly, suvenires, então paramos em uma loja chamada providencialmente de Loja de Suvenires e Mercadinho de Maui. Não acredito já ter visto tantas coisas juntas. Eu me sinto soterrada por elas. Pilhas e mais pilhas de camisetas e chapéus com as inscrições "Maui", "Aloha" e algumas variações disso. Displays com vestidos floridos pendurados de praticamente todas as cores. Mostruários e mais mostruários de lembrancinhas: chaveiros, copos de licor, ímãs de geladeira. Um mostruário é dedicado apenas a chaveiros em forma de prancha de surfe com nomes escritos com estêncil dispostos em ordem alfabética. Procuro por Oliver ou Madeline, ou Olly ou Maddy, mas não encontro nada.

Olly aparece atrás de mim e envolve minha cintura com um dos braços. Estou diante de uma parede repleta de calendários com fotos de surfistas sem camisa. Eles até que são bem atraentes.

— Estou com ciúmes — ele murmura na minha orelha. Solto uma gargalhada e acaricio o braço dele.

— Você deveria mesmo sentir ciúmes. — Pego um dos calendários.

— Fala sério que você vai...

— É para a Carla — explico.

— Claro, claro.

— O que você pegou? — Apoio a cabeça no peito dele.

— Um colar de conchas para a minha mãe. Um cinzeiro em formato de abacaxi para a Kara.

— Por que as pessoas compram todas essas coisas?

Ele me aperta um pouco mais forte.

— Não tem muito mistério. Essas coisas só querem dizer que nos lembramos de lembrar das pessoas.

Eu me viro nos braços dele, lembrando do quão depressa este se tornou meu lugar preferido no mundo. Familiar e estranho, confortável e arrepiante, tudo isso ao mesmo tempo.

— Vou levar este negócio aqui para a Carla. — Ergo o calendário. — E macadâmias cobertas de chocolate. E vou levar um desses vestidos para mim.

— E para a sua mãe?

Que tipo de lembrança se deve levar para a mãe que a amou durante toda a vida, que desistiu do mundo por você? A quem você nunca mais verá de novo? Nada vai servir, não de verdade.

Penso na velha fotografia que ela me mostrou, aquela em que todos nós estávamos no Havaí. Não tenho nenhuma memória daquele momento, nenhuma memória de estar naquela praia com ela, meu pai e meu irmão, mas ela se lembra. Ela tem memórias de mim, da vida que eu jamais tive.

Eu me afasto do Olly e vago pela loja. Aos dezoito anos, outros adolescentes costumam já ter se separado dos pais. Eles deixam sua casa, seguem com sua vida, criam suas próprias memórias. Mas não eu. Minha mãe e eu compartilhamos o mesmo espaço confinado e respiramos o mesmo ar filtrado por tanto tempo que é estranho estar sem ela. É estranho criar lembranças das quais ela não faz parte.

O que ela vai fazer se eu não voltar para casa? Ela reunirá todas as lembranças de mim? Ela as tirará do fundo do armário, olhará para elas e as reviverá repetidas vezes?

Quero lhe dar algo que resuma essa época, o tempo que passei sem ela. Algo que a faça lembrar de mim. Encontro um mostruário com cartões postais *vintage* e conto a verdade para ela.

Ah, como eu queria que você estivesse aqui.
Mamãe
Travessa Papillon, 304
90036 Los Angeles, CA
Os tradicionais totens *tiki* são figuras espirituais que costumavam ser usadas para afugentar os maus espíritos.

O MAIÔ

É POSSÍVEL QUE EU devesse ter provado o maiô antes de comprá-lo. Não que ele não tenha servido. O problema é que serviu certinho. Sério que as pessoas esperam que eu apareça em público vestindo uma coisa assim tão pequena?

Estou no banheiro olhando do meu corpo verdadeiro para o que está refletido no espelho. O maiô é de um cor-de-rosa vivo com listras. O rosa é tão aceso que chega até a colorir as minhas bochechas. Estou corada, como uma garota de praia com as bochechas rosadas que sempre pertenceu ao sol.

A umidade tornou meu cabelo mais cheio que o normal. Eu o prendi em uma longa trança para domá-lo. Olho novamente no espelho. A única forma de esconder este maiô é vestir a maior quantidade de roupa possível ao mesmo tempo. Examino meu corpo novamente. Realmente não há como negar que tenho seios, pernas e todo o resto. Todas as partes do meu corpo parecem estar no lugar certo, assim como parecem ter as proporções corretas. Eu me viro um pouquinho para ver se o meu traseiro está coberto, e ele está, mas apenas na medida exata. O que eu veria no espelho se fosse uma garota normal? Será que eu acharia que estou muito gorda ou muito magra? Será que eu não gostaria dos meus quadris, da minha cintura, do meu rosto? Será que eu teria problemas de imagem corporal? No momento, meu único problema é que eu trocaria com a maior felicidade este corpo por um outro que funcionasse direito.

Olly bate à porta.

— Você resolveu mergulhar aí dentro mesmo?

Algum dia terei de sair deste banheiro, mas estou muito nervosa. Será que Olly vai achar que estou com tudo no lugar?

— Na verdade, estou praticando pesca submarina. — Minha voz treme apenas de leve.

— Fantástico. Vamos ter sushi para o...

Abro a porta depressa, como quem arranca um Band-Aid de uma vez só.

Olly simplesmente para de falar. Seus olhos vão lentamente do meu rosto até os dedinhos dos meus pés e voltam ainda mais devagar até o meu rosto novamente.

— Você está de maiô — ele diz. Seus olhos estão cravados no intervalo de pele entre o meu pescoço e o meu peito.

— Estou. — Olho bem nos olhos dele e o que eu vejo me faz sentir como se eu estivesse pelada. Meu coração acelera e respiro fundo para tentar acalmá-lo, mas não funciona.

Olly passa as mãos pelos meus braços, ao mesmo tempo me puxando lentamente para mais perto dele. Ele encosta a testa na minha quando finalmente já estamos próximos o suficiente. Seus olhos têm uma chama azul.

Ele parece um homem faminto, como se pudesse me devorar inteira.

— Esse maiô — ele começa.

— É pequeno — concluo.

GUIA PARA OS PEIXES DE RECIFE HAVAIANOS

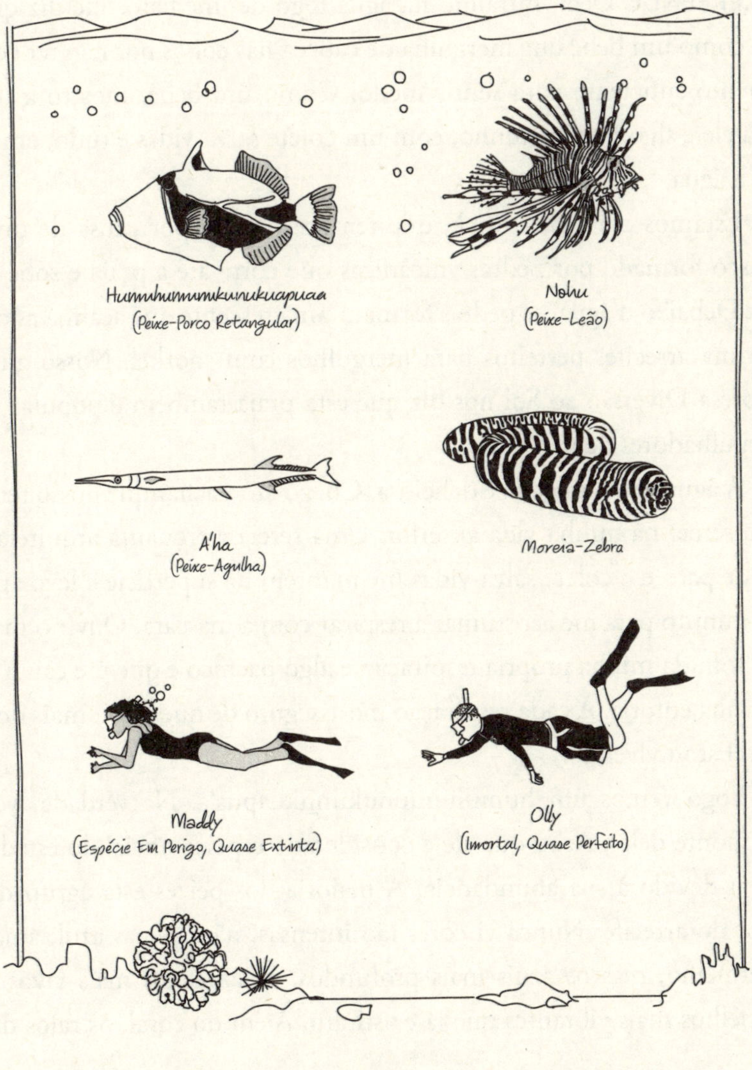

PULO

SURPREENDO OLLY entrando na água logo de imediato. Ele diz que eu sou como um bebê que mergulha de cabeça nas coisas por não ter conhecimento suficiente para sentir medo. Como um bebê, mostro a língua para ele e sigo meu caminho, com um colete salva-vidas e tudo, em direção à água.

Estamos em Black Rock, que tem esse nome por causa de um penhasco formado por pedras vulcânicas que corre até a praia e sobe até o céu. Debaixo d'água, as pedras formam um crescente que acalma as ondas e forma arrecifes perfeitos para mergulhos com snorkel. Nosso guia da empresa Diversão ao Sol nos diz que esta praia também é popular entre mergulhadores de penhasco.

A água é fria, salgada e deliciosa. Chego até a achar que posso ter sido uma sereia na minha vida anterior. Uma sereia astronauta arquiteta. Os pés de pato e o colete salva-vidas me mantêm na superfície e levo apenas um minuto para me acostumar a respirar com a máscara. Ouvir o magnífico som da minha própria respiração é algo pacífico e que me causa uma estranha euforia. A cada respiração me asseguro de que estou mais do que viva. Estou vivendo.

Logo vemos um humuhumunukunukuapua'a. Na verdade, vemos um monte deles. Acho que ele é considerado o peixe oficial do estado do Havaí devido à sua abundância. A maioria dos peixes está agrupada ao redor do arrecife. Nunca vi cores tão intensas, não apenas azul, amarelo e vermelho, mas os azuis mais profundos, os amarelos mais vivos e os vermelhos mais vibrantes que já existiram. Além do coral, os raios de sol formam colunas de luz retangulares na água. Cardumes de peixes nadam em disparada para dentro e para fora, agindo como se fossem um só corpo.

De mãos dadas, nadamos para mais longe e vemos arraias que mais parecem pássaros gigantes de barriga branca deslizando pela água. Vemos duas enormes tartarugas marinhas que parecem estar voando em vez de nadando. Racionalmente, sei que elas não podem nos fazer mal. Mas esses animais são tão grandes e pertencem tão obviamente a este mundo aquático — do qual não faço parte — que paro de me mover para evitar atrair sua atenção.

Eu podia ficar ali o dia todo, mas Olly por fim me puxa de volta para a praia. Ele não quer que nós — ou seja, eu — nos queimemos no sol do meio-dia.

De volta à praia, nos secamos debaixo da sombra de uma árvore. Sinto os olhos do Olly em mim quando ele acha que não estou prestando atenção, porém fazemos parte de uma sociedade de admiração mútua — também o observo em segredo, tomada pelo desejo. Ele está usando apenas uma sunga, de forma que finalmente posso ver os músculos lisos e definidos de seus ombros, peito e abdômen. Quero memorizar a paisagem do corpo dele com as minhas mãos. Sinto um calafrio e enrolo a toalha ao redor do meu corpo. Olly não entende o motivo que me faz tremer, por isso se aproxima e coloca mais uma toalha ao redor dos meus ombros. A pele dele cheira a oceano e mais alguma outra coisa, algo indefinível que faz com que ele seja o Olly. Eu me choco ao sentir um impulso de encostar minha língua em seu peito, sentir o gosto de sol e sal da sua pele. Desvio os olhos do tórax do Olly e olho para o rosto dele. Ele evita os meus olhos e aperta a toalha ao meu redor de forma que nenhum centímetro da minha pele fique à mostra e se afasta um pouco de mim. Tenho a sensação de que ele está se segurando.

E é claro que eu não quero que ele faça isso.

Ele olha para o topo do penhasco de onde algumas pessoas, a maioria delas adolescentes, estão pulando no mar.

— Quer pular de uma grande rocha? — ele pergunta com os olhos brilhando.

— Não sei nadar — eu lhe lembro.

— Um pouco de afogamento nunca matou ninguém — disse o garoto que um dia me garantiu que o mar era inclemente e impiedoso.

Ele pega a minha mão e corremos juntos até o penhasco. De perto, a pedra parece uma esponja negra e dura. A rocha é afiada contra os meus pés e levo um tempo para encontrar fendas onde apoiá-los, mas finalmente chegamos ao topo.

Olly está ávido para pular. Nem mesmo se detém para admirar a vista.

— Juntos? — ele pergunta, olhando para a água resplandecente lá embaixo.

— Da próxima vez, quem sabe — digo.

Ele balança a cabeça afirmativamente.

— Vou primeiro. Não vou deixar você se afogar. — Ele dá um pulo para cima e outro para a frente e dá um salto mortal antes de dardejar para a água. Alguns segundos depois, volta à superfície e acena para mim. Eu aceno de volta, fecho os olhos e avalio a minha situação, porque pular de um penhasco parece ser aquele momento crucial em que uma avaliação precisa ser feita. Entretanto, estranhamente, descubro que eu não quero pensar tanto assim. Como Olly, apenas desejo pular. Procuro pelo rosto dele na água e o encontro esperando por mim. Considerando o que o futuro pode guardar, pular deste penhasco não parece ser assim tão assustador.

GUIA PARA MERGULHAR DO PENHASCO

Lonely Earth Maui — Beyond Ka'anapali

FORA DO EIXO TURÍSTICO

MERGULHO DE PENHASCO !!!

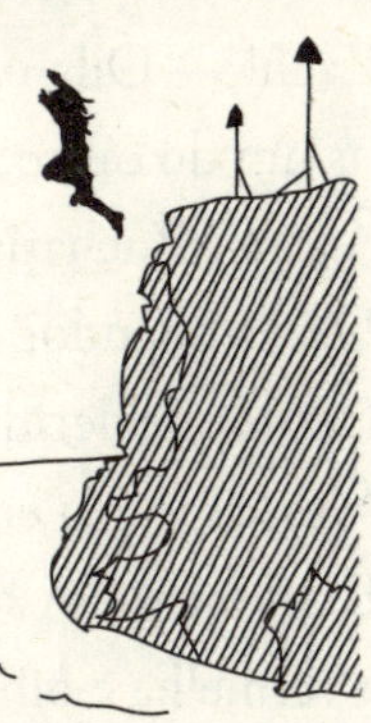

Eis o que acontece quando você pula primeiro com os pés de um penhasco de dez metros no Oceano Pacífico. A queda é tão emocionante que você tem de gritar até chegar lá embaixo. A intensidade com que a água bate nos seus pés arde por um momento e depois a água fria e salgada atinge diretamente o seu nariz. É escuro debaixo d'água porque os seus olhos estão fechados, tudo é silencioso exceto pelo fluxo da água que preenche o vácuo temporariamente formado pelo seu corpo, gelado a não ser pelo bolsão de ar quente que o mar abre para você. Leva mais tempo para voltar à superfície do que você pensa que levará e há um momento em que você pensa que está em outro planeta, ou em lugar algum. Você chega à superfície, a água é drenada do seu nariz e dos seus olhos e você é apenas outra pequena criatura em um mundo imenso.

ZACH

DE VOLTA AO HOTEL, Olly liga para seu amigo, Zach, do telefone do nosso quarto. Meia hora depois, ele está na nossa porta.

Zach tem uma pele escura, ocre, *dreadlocks* imensos e um sorriso muito maior que seu próprio rosto. Ele imediatamente começa a tocar numa guitarra imaginária uma música que eu não conheço. Olly sorri de orelha a orelha. Zach balança a cabeça de forma dramática enquanto "toca" e seu cabelo acompanha o ritmo da "música".

— Zach! — Olly o puxa para um abraço. Eles dão tapinhas sonoros nas costas um do outro.

— Agora é Zacharias.

— Desde quando? — quer saber Olly.

— Desde que decidi me tornar um deus do rock. É Zacharias como...

— Messias — eu entro na conversa, entendendo a piada.

— Exatamente! A sua namorada é mais esperta que você.

Fico vermelha e olho para o lado para ver Olly corar também.

— Bem, isso foi fofo. — Zach solta uma gargalhada e dedilha as cordas da guitarra imaginária. Sua risada me lembra a da Carla: desinibida, um pouco alta demais e repleta de alegria. Neste momento sinto desesperadamente a falta dela.

Olly se vira para mim.

— Maddy, esse é o Zach.

— Zacharias.

— Cara, eu não vou chamar você assim. *Zach,* essa é a Maddy.

Zach pega uma das minhas mãos e lhe dá um beijo rápido.

— É fantástico conhecer você, Maddy. Ouvi muito a seu respeito, mas não achei que você fosse, tipo assim, real.

— Está certo. — Examino minha mão onde ele a beijou. — Em alguns dias eu não serei mesmo de verdade.

Zach ri mais uma vez alto demais e eu me flagro gargalhando junto com ele.

— Maravilhoso — Olly nos corta. — Vamos em frente. Tem um *loco moco* com o nome da Maddy nele nos esperando.

Um loco moco é uma montanha de arroz debaixo de um hambúrguer, que fica embaixo do molho, que, por sua vez, fica embaixo de dois ovos fritos. Sentamos em uma mesa do lado de fora, com o oceano a apenas alguns metros de distância.

— Este lugar é o melhor — diz Zach. — É onde os locais comem.

— Você já contou para os seus pais? — Olly pergunta no intervalo entre duas mordidas.

— Sobre a parada de ser um astro de rock ou a parada de ser gay?

— Ambas.

— Não.

— Você vai se sentir melhor quando sair do armário.

— Sem dúvida, mas o nível de dificuldade é meio alto.

Zach olha para mim.

— Meus pais acreditam em três coisas: família, educação e trabalho duro. Por "família", eles entendem um homem, uma mulher, duas crianças e um cachorro. Por "educação" eles querem dizer curso universitário de quatro anos, e "trabalho duro" significa nada que envolva arte. Ou esperança. Ou o sonho de se tornar um astro de rock.

Ele olha novamente para Olly e seus olhos castanhos estão mais sérios do que antes.

— Como vou contar a eles que seu primogênito quer se tornar um Freddie Mercury afro-americano?

— Eles devem suspeitar — arrisco. — Pelo menos da parte de você querer se tornar um astro de rock. Seu cabelo tem quatro tons diferentes de vermelho.

— Eles acham que é só uma fase.

— Talvez você pudesse escrever uma música para eles.

Ele tem um acesso de riso.

— Gostei de você.

— Gostei de você também — devolvo. — Você pode chamar a música de "Essa maçã caiu mesmo bem longe da árvore".

— Não tenho nem mesmo certeza se sou uma maçã — diz Zach, ainda rindo.

— Vocês são engraçados — Olly comenta quase sorrindo, porém está obviamente preocupado. — Cara, me empresta o seu telefone — ele pede ao Zach.

Zach lhe passa o celular e Olly de imediato começa a digitar.

— E aí, o que está rolando com você? O papai ainda é um babaca?

— Você achou que ele podia mudar? — Olly não ergue os olhos do telefone.

— Acho que não. — A voz do Zach fica trêmula. O quanto ele sabe sobre a família do Olly? O pai dele é muito pior que um babaca.

— E você, Madeline? O que há de errado com os seus pais?

— Somos apenas a minha mãe e eu.

— Ainda assim. Deve haver alguma coisa de errado com ela.

Minha mãe, minha mãe. Eu nem ao menos pensei nela. Ela deve estar louca de preocupação.

— Bem, acho que todo mundo tem alguma coisa de errado, não é mesmo? Mas a minha mãe é inteligente e forte. E ela sempre me coloca em primeiro lugar.

Sei que os surpreendi porque nenhum dos dois fala nada.

Olly tira os olhos do telefone e se vira para mim.

— Você precisa dizer para a sua mãe que você está bem, Mad.

Ele me passa o telefone e vai para o banheiro.

De: Madeline F. Whittier
Para: usuariogenerico033@gmail.com
Assunto: (sem assunto)

Você está com a minha filha? Ela está bem?

De: Madeline F. Whittier
Para: usuariogenerico033@gmail.com
Assunto: (sem assunto)

Sei que ela está com você. Você não entende o quanto ela está doente. Traga-a para casa.

De: Madeline F. Whittier
Para: usuariogenerico033@gmail.com
Assunto: (sem assunto)

Por favor, me diga onde vocês estão. Ela pode ficar seriamente doente a qualquer minuto.

De: Madeline F. Whittier
Para: usuariogenerico033@gmail.com
Assunto: (sem assunto)

Sei onde vocês estão e vou embarcar no próximo voo. Estarei aí de manhã. Por favor, mantenha a Madeline a salvo.

Paro de ler, aninho o telefone junto ao peito e fecho os olhos. Sinto culpa, ressentimento e pânico, tudo ao mesmo tempo. Ver minha mãe assim tão preocupada me faz querer ir até ela assegurar-lhe que estou bem. Essa parte de mim quer que ela me proteja.

Mas outra parte, a parte nova, não está pronta para desistir do mundo que estou começando a conhecer. Fico chateada por ela ter acessado meus e-mails pessoais. Fico chateada por eu e Olly termos ainda menos tempo do que eu imaginava.

Meus olhos permanecem fechados por tempo demais porque Zach finalmente pergunta se estou bem.

Abro os olhos, tomo um gole de suco de abacaxi, fazendo que sim com o canudo na boca.

— Não, sério. Você está mesmo se sentindo bem? O Olly me contou que...

— Ele lhe contou que eu estou doente.

— É.

— Estou bem — respondo, me dando conta de que isso é a mais pura verdade. Eu me sinto bem. Eu me sinto mais do que bem.

Olho de novo para o telefone. Preciso dizer alguma coisa.

De: usuariogenerico033@gmail.com
Para: Madeline F. Whittier
Assunto: (sem assunto)

Por favor, não se preocupe, mãe. E, por favor, não venha para cá. Estou realmente bem e essa também é a minha vida. Vejo você em breve.

Aperto "enviar" e devolvo o telefone para o Zach. Ele o coloca no bolso e olha para mim.

— Estão você comprou mesmo esses comprimidos pela internet? — ele pergunta.

Ainda estou tão abalada com os e-mails da minha mãe e preocupada com a possibilidade de Olly e eu não termos tempo suficiente um para o outro que não estou preparada para ouvir minha mentira saindo dos lábios do Zach. Faço exatamente o que não se deve fazer quando se está mentindo para alguém: eu evito os olhos dele. Fico impaciente e coro.

Abro a boca para explicar, mas não sai nada.

Ele já adivinhou a verdade quando o encaro.

— Você vai contar para o Olly? — pergunto.

— Não. Tenho mentido sobre mim por tanto tempo que eu sei como é.

Uma onda de alívio atravessa o meu corpo.

— Obrigada.

Ele simplesmente assente.

— O que aconteceria se você contasse para os seus pais? — pergunto.

Ele responde sem pestanejar:

— Eles fariam com que eu escolhesse e eu não os escolheria. Do jeito que está, todo mundo ganha.

Ele se reclina na cadeira e dedilha a guitarra imaginária.

— Peço mil desculpas aos Rolling Stones, mas o meu primeiro disco vai se chamar *Entre o rock and roll e um lugar difícil.* O que você acha?

Solto uma gargalhada.

— É horrível.

Ele fica sério novamente.

— Talvez crescer signifique desapontar as pessoas que você ama.

Isso não é uma pergunta, mas, de qualquer forma, eu não teria mesmo uma resposta.

Viro a cabeça e observo Olly retornar até onde estamos.

— Tudo bem? — ele indaga antes de beijar a minha testa, depois o meu nariz e, por último, os lábios.

Decido não contar a ele sobre a visita iminente da minha mãe. Vamos simplesmente aproveitar o máximo possível o tempo que temos.

— Nunca me senti melhor na minha vida — digo. Sou grata por pelo menos não ter de mentir a respeito disso.

A CAMA MURPHY

JÁ É FINAL DE TARDE quando voltamos ao hotel. Olly acende todas as luzes, liga o ventilador de teto e mergulha na cama com uma cambalhota.

Ele deita de um dos lados e eu faço o mesmo do outro.

— Este lado é meu — ele diz, o que significa o lado esquerdo perto da porta. — Eu durmo na esquerda. É bom que você saiba disso. Para referências futuras. — Ele se senta e pressiona o cobertor com a palma das mãos. — Sabe o que eu falei mais cedo sobre as camas Murphy serem o suprassumo do conforto? Vou ter de retirar o que disse.

— Você está nervoso? — pergunto sem pensar. Acendo o abajur no lado direto da cama.

— Não — Olly responde rápido demais. Ele rola o corpo, as pernas caem para um dos lados da cama até o chão, onde fica de pé, parado.

Eu me sento do meu lado da cama e dou um pulinho experimental. O colchão guincha debaixo de mim.

— Por que você dorme do lado esquerdo quando está sozinho? — pergunto. Eu me movo na cama e volto a me deitar. Ele está certo. Este colchão é terrivelmente desconfortável.

— Talvez seja graças à antecipação — ele diz.

— De quê?

Ele não responde, de modo que eu rolo novamente para espiá-lo. Olly está deitado de costas, com um dos braços jogado sobre os olhos.

— Companhia — ele fala.

Eu viro a minha cabeça, corando.

— Você faz o tipo romântico incorrigível.

— Claro, claro.

Escorregamos rumo ao silêncio. Acima de nós, o ventilador faz um zumbido suave, espalhando um ar morno pelo quarto. Através das portas posso ouvir o som dos elevadores, que imita um sininho, e os murmúrios baixos das vozes das pessoas que passam pelo corredor.

Alguns dias antes, um único dia no mundo exterior parecia ser suficiente, mas, agora que tive um, quero mais. Não tenho certeza se para sempre será suficiente.

— Sim — Olly declara depois de um tempo. — Estou nervoso.

— Por quê?

Ele inspira e não o escuto soltar o ar.

— Nunca senti por ninguém o que eu sinto por você. — Ele não pronuncia essas palavras em voz baixa. Na verdade, ele as diz até mesmo alto demais e em um fluxo acelerado como se as palavras já desejassem há um longo tempo ser liberadas.

Eu me sento apoiada nos cotovelos, me deito de novo e por fim me levanto mais uma vez. Será que estamos falando de amor?

— Também nunca me senti assim antes — eu sussurro.

— Mas é diferente para você. — Sinto a frustração na voz dele.

— Por quê? Como?

— É a sua primeira vez para tudo, Maddy, mas não para mim.

Eu não entendo. Só porque é a primeira vez, não quer dizer que é menos verdadeiro, não é? Até mesmo o universo tem um início.

Ele fica em silêncio. Quanto mais eu penso no que ele disse, mais irritada fico. Porém, logo me dou conta de que ele não está desdenhando nem diminuindo os meus sentimentos. Olly está apenas com medo. Dada minha falta de escolhas, e se eu o tivesse escolhido porque ele foi simplesmente quem apareceu?

Ele respira fundo.

— Na minha cabeça, eu sei que já estive apaixonado antes, mas não senti nada. Estar apaixonado por você é melhor do que a primeira vez. Sinto como se fosse a primeira vez, a última vez e a única vez, tudo ao mesmo tempo.

— Olly, eu juro que conheço meu próprio coração. É uma das poucas coisas que não são completamente novas para mim.

Ele sobe novamente na cama e estende um dos braços. Eu me aninho nele e coloco a cabeça no recanto entre o seu pescoço e o ombro.

— Amo você, Maddy.

— Amo você, Olly. Eu já o amava antes de conhecê-lo.

Caímos no sono aninhados um no outro sem pronunciar nem uma única palavra, simplesmente deixando que o mundo faça algum barulho para nós por um tempo porque, neste momento, nenhuma palavra do mundo importa.

TODAS AS PALAVRAS

ACORDO DEVAGAR, languidamente, até me dar conta do que fizemos. Olho para o relógio. Dormimos por mais de uma hora. Nosso tempo restante é escasso e desperdiçamos parte dele dormindo. Olho para o relógio de novo. Dez minutos para tomar um banho e mais dez para encontrar o ponto perfeito da praia para observar nosso primeiro e único dia juntos chegar ao fim.

Balanço Olly para que ele acorde e se vista correndo. No banheiro, deslizo para dentro do meu vestido tamanho único. Ele é tamanho único porque a saia é larga e a parte de cima tem um elástico, de forma que pode ser esticada para acomodar quase qualquer tipo de pessoa. Abdico do meu prendedor, deixando o cabelo solto, e ele cai cacheado e cheio pelos meus ombros e pelas minhas costas. No espelho, minha pele brilha em um tom de marrom aceso e os meus olhos estão radiantes.

Sou o retrato da saúde.

Olly está sentado no corrimão do último degrau da escada na varanda. Sua posição parece precária, apesar de estar se segurando no corrimão com ambas as mãos. Lembro a mim mesma que ele possui total controle do próprio corpo.

Ele sorri. E sorri mais quando me vê. Ele é o Olly e ao mesmo tempo não é o Olly. Seus olhos focados acompanham a minha aproximação. Estou consciente de cada um dos nervos pulsantes do meu corpo. Como ele consegue fazer isso com apenas um olhar? Será que eu causo o mesmo efeito nele? Paro diante das portas de vidro corrediças e olho para ele de cima a baixo. Ele veste uma camiseta preta apertada, shorts pretos e sandálias da mesma cor. O anjo da morte de férias.

— Venha aqui — ele convida e eu me aninho no V formado por suas pernas. Ele fica imóvel e se prende no corrimão com mais força. Inalo seu perfume fresco e olho para cima. Seus olhos são tão claros, azuis do mesmo tom de um lago no verão do qual não consigo ver o fundo. Encosto meus lábios nos dele. Ele desce do corrimão, me apertando contra uma mesa. Antes que eu me dê conta, pressiono meu corpo contra o de Olly e ele me beija soltando um gemido. Permito que ele continue e nos beijamos até eu perder o ar, até que a minha próxima respiração seja a mesma que ele acabou de inspirar. Minhas mãos estão em seus ombros, atrás do seu pescoço, em seu cabelo. Elas não sabem onde parar. Estou eletrificada. Quero tudo de uma vez só. Ele interrompe o beijo e ficamos ali parados, nossas respirações arrastadas, cabeças e narizes se tocando, as mãos dele apertando com força meus quadris, minhas mãos abertas contra o peito dele.

— Maddy. — Os olhos do Olly são uma pergunta e eu respondo que sim. Porque desde sempre a resposta é sim.

— E o pôr do sol? — ele indaga.

Balanço a cabeça, em negativa.

— Haverá outro amanhã também.

Ele parece aliviado e não consigo conter um sorriso. Ele me empurra pelas portas da varanda até que a parte de trás dos meus joelhos esteja pressionada contra a cama.

Eu me sento. E então ele continua ali de pé. Foi mais fácil pular de Black Rock do que fazer isso.

— Maddy, você não precisa.

— Não. Eu quero. É isso que eu quero.

Ele assente e então estreita os olhos, lembrando-se de algo.

— Tenho que comprar...

Faço que não com a cabeça.

— Eu comprei algumas.

— Você comprou algumas o quê? — Ele não entende o que quero dizer.

— Camisinhas, Olly. Eu tenho algumas.

— Você comprou algumas.

— Sim. — Todo o meu rosto fica vermelho.

— Quando?

— Na loja de suvenires. Custaram catorze e noventa e nove. Aquele lugar tem de tudo.

Ele olha para mim como se eu fosse um pequeno milagre, mas então seu sorriso se transforma em algo mais. E logo estou de costas e as mãos dele puxam meu vestido.

— Tira. Tira — ele pede.

Eu me abaixo até ficar de joelhos e tiro o vestido pela cabeça. Tremo no ar morno.

— Você tem sardas aí também — diz ele, passando as mãos na parte de cima dos meus seios.

Olho para baixo para confirmar essa informação e nós dois rimos.

Ele coloca as mãos na minha cintura nua.

— Você é todas as coisas boas embrulhadas em outra coisa boa.

— Hum... Você também. — Eu me sinto inarticulada. Todas as palavras na minha mente foram substituídas por uma única: *Olly*.

Ele arranca a camiseta pela cabeça e meu corpo domina o cérebro. Corro os dedos pelos músculos lisos e rígidos do peito dele, mergulho-os nos vales entre eles. Meus lábios seguem o mesmo caminho, saboreando, acariciando. Ele deita de costas, sem se mexer, deixando que eu o explore, e beijo toda a sua geografia até chegar aos dedos dos pés e volto para o ponto inicial. O desejo de mordê-lo é irresistível e eu não me controlo. A mordida o leva ao limite e ele toma conta da situação. Meu corpo queima onde ele não o toca e queima também quando suas mãos estão sobre a minha pele.

Nós nos fundimos até nos tornarmos um. Somos lábios, braços, pernas e corpos entrelaçados. Ele se ergue sobre mim e ficamos sem palavras para logo em seguida nos unirmos, movendo-nos em silêncio. Estamos unidos e eu conheço todos os segredos do universo.

DICIONÁRIO DA MADELINE

in.fi.ni.to (ĩ.fi.n'i.tʊ) *adj.* 1. O estado de não saber onde um corpo termina e outro começa. *Nossa alegria é infinita.* [2015, *Whittier*]

O MUNDO OBSERVÁVEL

DE ACORDO COM A teoria do Big Bang, o universo surgiu em um único instante — um cataclismo cósmico que deu origem aos buracos negros, às anãs marrons, à matéria escura, à energia e à energia escura. Ele deu origem às galáxias, às estrelas, às luas, aos sóis, aos planetas e aos oceanos. É um conceito difícil de ser compreendido — a ideia de que houve um tempo anterior à nossa existência. Um tempo antes do tempo.

No início, não havia nada. E então, de repente, havia tudo.

DESTA VEZ

OLLY SORRI. Ele não vai parar de sorrir. Ele me lança todas as variações de sorrisos existentes e eu tenho de beijar seus lábios sorridentes. Um beijo leva a mais dez até que nossos beijos são interrompidos pelos roncos do estômago do Olly.

Corto o beijo.

— Acho que precisamos comer alguma coisa.

— Além de você? — Ele beija o meu lábio superior e então lhe dá uma mordidinha de leve. — Você é deliciosa, mas não mata a fome do meu estômago.

Eu me sento, cobrindo os seios com o cobertor. Ainda não estou pronta para ficar nua novamente, apesar de nossa intimidade. Diferente de mim, Olly não sente a menor vergonha. Ele se levanta da cama com um único movimento e caminha pelo quarto completamente nu. Eu me encosto na cabeceira e simplesmente o observo enquanto se move, repleto de graça e leveza. Não há nenhum resquício do anjo da morte neste momento.

Tudo está ao mesmo tempo igual e diferente. Ainda sou a Maddy. Olly ainda é o Olly. Entretanto, somos ambos mais alguma coisa. Eu o conheço de um jeito diferente. E também me sinto conhecida.

O restaurante fica à beira da praia e nossa mesa tem vista para o mar. Está tarde — nove da noite —, de forma que não consigamos ver o azul da água, apenas a espuma branca das ondas quando quebram na areia. Nós as ouvimos por cima da música e do burburinho ao nosso redor.

— Você acha que eles têm humuhumu no menumenu? — Olly faz piada. Ele havia brincado que queria comer todos os peixes que vimos quando mergulhamos.

— Olha, vou arriscar que eles não servem o peixe símbolo do estado — retruco.

Estamos famintos graças a todas as atividades que realizamos durante o dia, de modo que pedimos todas as entradas do cardápio: *poke* (atum marinado em molho de soja), bolinhos de caranguejo, camarões no leite de coco, lagosta, palitos de lagosta e porco Kalua. Não paramos de nos tocar durante toda a refeição. Nós nos tocamos entre pedaços de comida e goles de suco de abacaxi. Ele toca um dos lados do meu pescoço, minha bochecha, meus lábios. Eu toco seus dedos, os antebraços, o peito. Agora que nos tocamos com tanta intimidade, não conseguimos mais parar.

Movemos as cadeiras para nos sentarmos um ao lado do outro. Ele segura a minha mão em seu colo, ou eu seguro a dele no meu. Olhamos um para o outro e caímos na gargalhada sem motivo algum. Ou talvez não seja assim, porque talvez a gente ria devido ao fato de o mundo ser um lugar tão extraordinário. Para nós, termos nos conhecido e nos apaixonado está além de qualquer coisa que já tenhamos considerado possível.

Olly pede uma segunda rodada de palitos de lagosta.

— Você me deixa com muita fome — ele cantarola, erguendo as sobrancelhas. Olly toca uma das minhas bochechas e eu fico vermelha ao toque dele. Ele come mais devagar. É a nossa última refeição juntos. Talvez se ficarmos simplesmente aqui sentados, sem nos dar conta do tempo que passa, então este dia jamais termine.

Quando vamos embora, a garçonete nos pede para voltarmos em breve, o que Olly promete que faremos.

Vamos do restaurante iluminado para a escuridão da praia. No céu, as nuvens escondem a lua. Tiramos as sandálias, caminhamos até a beira da água e afundamos os dedos na areia gelada. As ondas noturnas quebram com mais intensidade e estrondo que as do dia. Quanto mais andamos, menos pessoas vemos, até que começamos a ter a impressão de que deixamos o mundo civilizado para trás. Olly nos conduz até a areia seca e encontramos um lugar para sentar.

Ele pega uma das minhas mãos e beija a palma.

— Meu pai nos pediu desculpas depois que bateu nela pela primeira vez — Olly fala a frase de uma vez só, sem parar para respirar. Levo um segundo para me dar conta sobre o que ele fala. — Ele estava chorando.

A noite está tão escura que acabo sentindo mais do que vendo-o balançar a cabeça.

— Eles se sentaram junto com a gente e o meu pai disse que sentia muito. Ele falou que aquilo jamais aconteceria de novo. Lembro que a Kara estava com tanta raiva que não conseguia nem olhar para o nosso pai. A minha irmã sabia que ele era um mentiroso, mas eu acreditei, assim como a nossa mãe. Ela nos pediu que esquecêssemos aquilo tudo. Falou que o nosso pai estava passando por muitos problemas. Que ela o havia perdoado e que nós devíamos fazer o mesmo. — Olly devolve a minha mão. — Ele não bateu mais nela por um ano. Ele bebia muito. Berrava com ela. Berrava com todos nós. Mas ele não bateu nela de novo por um longo tempo.

Prendo a respiração por um momento e libero a pergunta que há tanto tempo quero fazer:

— Por que ela não se separa dele?

Ele bufa e seu tom se torna duro.

— E você acha que eu já não perguntei isso a ela? — Ele deita na areia com as mãos unidas atrás da cabeça. — Acho que se ele houvesse batido nela de maneira que as coisas ficassem realmente feias, ela o teria deixado. Se ele talvez fosse alguma coisa um pouco além de um babaca, talvez pudéssemos finalmente dar no pé. Mas ele sempre pede desculpas e a nossa mãe sempre acredita nele.

Coloco uma das mãos sobre a barriga dele. Preciso de algum contato. Acho que Olly talvez também precise, mas então ele se senta, encosta os joelhos no peito e descansa os cotovelos sobre eles. Seu corpo forma uma gaiola na qual não consigo entrar.

— O que a sua mãe diz quando você pergunta isso?

— Nada. Minha mãe não fala mais sobre o assunto. Ela costuma dizer que vamos entender quando formos mais velhos e tivermos nossos próprios relacionamentos.

Fico surpresa com a raiva na voz dele. Jamais imaginei que Olly sentisse raiva da mãe. Do pai, sim, mas não dela.

Ele bufa novamente.

— Ela diz que o amor deixa as pessoas loucas.

— Você acredita nisso?

— Sim. Não. Talvez.

— Você não deve usar todas as respostas — reclamo.

Ele sorri na escuridão.

— Sim, eu acredito nisso.

— Por quê?

— Eu vim até o Havaí com você. Não é fácil para mim deixá-las sozinhas com ele.

Enterro minha culpa antes que ela possa despertar.

— *Você* acredita nisso?

— Sim. Com toda a certeza.

— Por quê?

— Eu vim até o Havaí com você — repito as palavras dele. — Eu jamais deixaria a minha casa se não fosse por você.

— Então... — Ele abaixa as pernas e pega uma das minhas mãos. — O que a gente vai fazer agora?

Não sei o que responder. A única coisa de que tenho certeza é que isto, estar aqui com o Olly, ser capaz de amá-lo e ser amada também, é tudo.

— Você deve deixá-los. Não é seguro para você continuar lá. — Falo isso porque Olly não faz a menor ideia do perigo que corre. Ele está aprisionado pela lembrança do amor, de tempos melhores, de quem é a mãe dele, e isso não é suficiente.

Descanso a cabeça no ombro dele e observamos juntos o oceano quase negro. Observamos a maneira como as ondas vêm e vão, quebrando contra a areia, tentando carregar consigo todos os grãos. E mesmo que não consigam fazer isso, as ondas retrocedem e voltam a quebrar mais uma vez, infinitamente, como se não houvesse uma última nem uma próxima vez e apenas este tempo fosse o tempo que importa.

ESPIRAL

Sonhei que fugi de casa levando o garoto que eu amo comigo. Sonhei que vi o oceano, que ele era infinito e eu não conseguia encontrar seu fim. Sonhei que eu pegava no sono em um quarto inquieto com o garoto que me ama e sonhei que fugi de casa levando o garoto que eu amo comigo. Sonhei que vi o oceano, que ele era infinito e eu não conseguia encontrar seu fim. Sonhei que eu pegava no sono em um quarto inquieto com o garoto que me ama e sonhei com a vida que já estou vivendo.

O FIM

ALGUÉM ME COLOCOU dentro de um forno quente e fechou a porta.

Alguém tacou querosene em mim e acendeu um fósforo.

Acordo devagar, com o corpo pegando fogo, consumido pelas chamas. Os lençóis estão gelados e úmidos. Estou empapada de suor.

O que está acontecendo comigo? Levo um momento para me dar conta de que há muitas, muitas coisas erradas.

Estou tremendo. Estou mais do que tremendo. Meu corpo balança incontrolavelmente e minha cabeça *dói.* Meu cérebro está sendo espremido em um torno. A dor se irradia e tromba nos nervos atrás dos meus olhos.

Meu corpo é uma ferida recém-aberta. Até a minha pele dói.

No início, acho que devo estar sonhando, porém meus sonhos jamais são tão lúcidos. Tento me sentar, aproximar o cobertor, mas não consigo. Olly ainda está dormindo e deitado em cima das cobertas.

Tento me sentar novamente, mas a dor se enterra nos meus ossos.

O torno ao redor do meu cérebro se aperta e agora um picador de gelo golpeia indiscriminadamente a pele macia.

Tento gritar, mas minha garganta está em carne viva, como se eu houvesse gritado por dias e dias.

Estou doente.

Estou mais do que doente. Estou morrendo.

Ah, meu Deus. Olly.

Esta coisa vai fazer o meu coração parar.

Ele acorda assim que esse pensamento passa pela minha cabeça.

— Mad? — Olly me chama no escuro.

Ele liga o abajur sobre uma das mesas de cabeceira e meus olhos queimam. Eu os aperto e tento virar para o outro lado. Não quero que ele me veja assim, mas já é tarde demais. Vejo o rosto dele ir da confusão, passando pelo reconhecimento, até chegar à incredulidade. E por fim o terror se instala.

Ele toca o meu rosto, meu pescoço, minha testa.

— Desculpe — eu digo, ou tento dizer, mas não creio que as palavras tenham saído dos meus lábios.

Ele toca o meu rosto, meu pescoço, minha testa.

— Jesus — ele repete sem parar. — Jesus.

Ele tira o cobertor de cima de mim e sinto mais frio do que jamais imaginei ser possível.

— Meu Deus do Céu, Maddy, você está pegando fogo.

— Frio — resmungo. E ele parece ainda mais apavorado.

Ele me cobre e afaga a minha cabeça, beija minha testa molhada, meus lábios.

— Você está bem — Olly diz. — Você vai ficar bem.

Não estou, mas é legal da parte dele falar isso. Meu corpo pulsa por causa da dor e sinto que minha garganta parece fechada. Não consigo absorver ar suficiente.

— Preciso de uma ambulância — eu o ouço pedir.

Viro a cabeça pelo quarto. Quando ele foi parar daquele lado? Onde nós estamos? Ele está ao telefone. Ele está falando a respeito de alguém. Alguém doente. Alguém *está* doente. Morrendo. Emergência. Os comprimidos não estão funcionando.

Ele está falando de mim.

Ele está chorando. Não chore. A Kara vai ficar bem. A sua mãe vai ficar bem. Você vai ficar bem.

A cama afunda. Estou sobre areia movediça. Alguém está tentando me tirar do atoleiro. As mãos dele são quentes. Por que elas são tão quentes?

Algo brilha na outra mão. É o celular. Ele está falando alguma coisa, mas as palavras não saem claras. Alguma coisa. Mãe. A *sua* mãe.

Sim. Mãe. Preciso da minha mãe. Ela já estava a caminho. Espero que esteja perto.

Fecho os olhos e aperto os dedos dele.

Perco a noção do tempo.

Meu.

Coração.

Para.

E volta a bater.

LIBERADA, PARTE UM

(Revisado em 1/12/2014)

Formulário de Alta do Hospital Maui Memorial

Registro médico nº.: Nome do paciente: Whittier, Madeline Localização: Maui Memorial

Data da admissão: Data da alta: Médico: Francis, Melissa

Dados demográficos	Idade: 18 anos ou Data de Nascimento: 2/5/1996 Sexo: ☐Masculino ☒Feminino Etnia: ☐branca ☐negra/ afro-americana ☐asiática ☐hispânica ☐nativa americana ☒multirracial ☐outra ☐desconhecida
Diagnóstico cardíaco	☐Dor no peito suspeita de IM ☐IAM confirmado ☐ICC, Edema pulmonar ☐Doença art. coronariana ☐Angina instável ☐Síncope ☐Acidente vascular cerebral ☐Doença vascular periférica ☒Outra
Procedimentos	☐Nenhum ☐Cateterismo ☐ACTP ☐ACTP com stent ☐ICP ☒Ecocardiograma X ☐VR ☐TTE ☐TTE Nuclear ☐Bypass AC ☐Válvula cardíaca ☐Angiografia ☐Teste de esforço ☐ Outro
Histórico do paciente	☐IM anterior ☐Parada cardíaca ☐Hipertensão ☐Diabetes ☐Insf. renal ☐Fumante (no último ano) ☐Ausência de prática reg. de exercícios (<30 min. 3 X/sem.) ☐DVP ☐Derrame ☐OPC ☐Fibrilação arterial ☒Desconhecido X ☐Nenhum dos anteriores
Status da dispensa	☐Dispensado para casa ☐Dispensado para outro hospital ☐Dispensado para serviço de enfermagem qualificado ☐Dispensado para serviço de cuidado intermediário ☐Dispensado para serviço de cuidado doméstico ☒ Abandono do tratamento X ☐ Transferência para hospital de reabilitação ou de tratamento de doenças crônicas ☐ Dispensa para instituição psiquiátrica ☐ Outra dispensa ☐ Falecido

RESSUSCITADA

NÃO ME LEMBRO de muita coisa, só de uma combinação confusa de imagens. A ambulância. Ter uma das pernas furadas uma vez. Depois duas. Injeções de adrenalina para reanimar o coração. Sirenes tocando lá longe e depois muito próximas. Uma TV que pisca do branco para o azul em um dos cantos do quarto. Máquinas que soltam apitos e bipes e mantêm sua vigília dia e noite. Mulheres e homens em uniformes brancos. Estetoscópios, agulhas e antissepsia.

E então o cheiro de combustível de avião, aquele cheiro que foi tão bem-vindo antes, colares de flores e um cobertor que me dá coceira enrolado duas vezes ao redor do meu corpo e que diferença faz estar sentada perto da janela se elas estão todas fechadas?

Lembro do rosto da minha mãe e de como as lágrimas poderiam formar um mar.

Lembro dos olhos azuis do Olly ficando pretos. Fechei os meus graças à culpa, o alívio e o amor que sentia por vê-lo ali.

Estou a caminho de casa, onde vou ficar trancafiada para sempre.

Estou viva, mas não queria estar.

READMITIDA

MINHA MÃE transformou meu quarto em uma enfermaria. Travesseiros apoiam minhas costas na cama e estou tomando soro. Estou cercada por equipamentos de monitoramento. Não me alimento de nada além de gelatina.

Sempre que acordo, minha mãe está ao meu lado. Ela toca minha testa e fala comigo. Às vezes tento manter o foco, entender o que ela diz, mas as palavras estão simplesmente fora do meu alcance.

Acordo mais uma vez algum tempo depois (horas? dias?) para encontrá-la de pé ao meu lado, franzindo a testa enquanto olha a prancheta. Fecho os olhos e faço um inventário do meu corpo. Nada dói, ou, mais exatamente, nada dói muito. Confiro a cabeça, a garganta, as pernas. Está tudo bem. Abro os olhos de novo e a encontro prestes a me colocar para dormir novamente.

— Não! — Eu me sento rápido demais. Fico ao mesmo tempo tonta e nauseada. Tento dizer *estou bem*, mas nenhum som sai da minha boca.

Limpo a garganta e tento mais uma vez:

— Por favor, não me coloque para dormir outra vez. — Preciso ficar acordada já que vou continuar viva. — Eu estou bem? — pergunto.

— Você está bem. Você vai ficar bem. — A voz dela treme até sumir.

Eu me sento e olho para ela. A pele está pálida, quase translúcida, e está esticada demais sobre os ossos do rosto. Uma veia de aparência dolorosa vai do fim do couro cabeludo até as pálpebras. Posso ver outras veias azuis sob a pele dos antebraços e dos pulsos. Ela tem os olhos apavorados e incrédulos de alguém que presenciou algo terrível e está esperando por mais desastres.

— Como você pôde fazer isso consigo mesma? Você poderia ter morrido — minha mãe sussurra. Ela dá um passo à frente e abraça a prancheta junto ao peito. — Como você pôde fazer uma coisa dessas comigo? Depois de tudo?

Quero dizer alguma coisa. Abro a boca, mas nada sai dela.

Minha culpa é um oceano no qual me afogo.

Permaneço na cama até que ela vá embora. Não me levanto para alongar o corpo. Dou as costas para a janela. Do que eu me arrependo? Em primeiro lugar, por ter ido Lá Fora. Por ter visto e me apaixonado pelo mundo. Por ter me apaixonado pelo Olly. Como poderei viver o resto da minha vida nesta bolha agora que sei o que estou perdendo?

Fecho os olhos e tento dormir. Porém, a visão do rosto da minha mãe mais cedo, todo o amor desesperado nos olhos dela, não sai da minha cabeça. Decido então que o amor é uma coisa muito, muito horrível. Amar alguém tão profundamente quanto minha mãe me ama deve ser como viver com o coração do lado de fora do peito, sem nenhuma pele, ossos, nada para protegê-lo.

Amar é horrível e perder um amor é ainda pior.

Amar é horrível e eu não quero mais saber dessas coisas.

LIBERADA, PARTE DOIS

Quarta-feira, 18:56

Olly: jesus, onde você esteve?

Olly: você está bem?

Madeline: Sim.

Olly: o que a sua mãe diz?

Olly: você vai ficar bem?

Madeline: Estou bem, Olly.

Olly: tentei visitar você, mas a sua mãe não deixou

Madeline: Ela está me protegendo.

Olly: eu sei

Madeline: Obrigada por salvar a minha vida.

Madeline: Desculpe por colocar você no meio de toda essa situação.

Olly: você não precisa me agradecer

Madeline: Obrigada de qualquer forma.

Olly: tem certeza que você está bem?

Madeline: Por favor, não me pergunte mais isso.

Olly: desculpe

Madeline: Não precisa se desculpar.

Mais tarde, 21:33

Olly: é legal poder bater papo pela internet com você de novo

Olly: você é uma mímica terrível

Olly: diz alguma coisa

Olly: sei que você está desapontada, Mad, mas pelo menos você está viva

Olly: vamos conversar com a sua mãe assim que você estiver melhor. talvez eu possa fazer uma visita

Olly: sei que você não pode ter tudo, Mad, mas isso é melhor do que nada

Mais tarde, 0:05

Madeline: Isso não é melhor do que nada. É absolutamente pior que nada.

Olly: o quê?

Madeline: Você acha que podemos voltar a como era antes?

Madeline: Você quer voltar para a descontaminação e as visitas curtas, nada de beijar, tocar, nada de ter um futuro?

Madeline: Você está dizendo que isso é suficiente para você?

Olly: é melhor que nada

Madeline: Não, não é. Pare de dizer isso.

Mais tarde, 2:33

Olly: e os comprimidos?

Madeline: O que têm eles?

Olly: funcionaram por alguns dias. talvez no fim das contas esses comprimidos possam funcionar

Olly: maddy?

Madeline: Não tinha comprimido nenhum.

Olly: o que você quer dizer com isso?

Madeline: Nunca houve comprimido algum. Falei isso só para você ir comigo.

Olly: você mentiu para mim?

Olly: mas você podia ter morrido e seria culpa minha

Madeline: Eu não sou responsabilidade sua.

Mais tarde, 3:42

Madeline: Eu queria tudo, Olly. Queria você e o mundo inteiro. Eu queria todas as coisas.

Madeline: Não consigo mais fazer isso.

Olly: fazer o quê?

Madeline: Não consigo mais conversar com você pela internet. Nem por e-mail. É muito difícil. Não posso voltar a viver assim. Minha mãe tem razão. A vida era melhor antes.

Olly: melhor para quem?

Olly: não faça isso Maddy

Olly: minha vida é melhor com você nela

Madeline: mas a minha não é

<Madeline se desconectou>

A VIDA É CURTA®

RESENHAS COM SPOILERS POR MADELINE

O HOMEM INVISÍVEL, DE RALPH ELLISON

Alerta de spoiler: Você não existe se eu não posso vê-lo.

GEOGRAFIA

ESTOU EM UM CAMPO sem fim repleto de papoulas vermelhas. As papoulas chegam até a minha cintura presas por caules verdes e são tão vermelhas que sua cor lembra sangue. Vejo um Olly, depois dois e logo em seguida vários Ollys marcham na minha direção, silenciosos e determinados. Eles usam máscaras de gás, algemas e esmagam as papoulas com suas botas negras.

O sonho não sai da minha cabeça. Passo o dia acordada, mas ao mesmo tempo eu sonho, tentando não pensar no Olly. Tento não pensar em quando o vi pela primeira vez. Como ele parecia ter vindo de outro planeta. Tento não pensar em bolos bundts nem em plantar bananeira, beijos e areia aveludada. Em como nossos segundo, terceiro e quarto beijos foram ainda mais incríveis que os outros. Tento não lembrar dele se movendo para dentro de mim e de nós dois nos mexendo juntos. Tento não pensar nele porque, se eu fizer isso, vou lembrar de como eu estava conectada àquele menino e ao mundo há apenas alguns dias.

Terei de lembrar de toda a esperança que eu tinha antes. De como me enganei ao pensar que eu era um milagre. De como o mundo do qual eu queria tão desesperadamente fazer parte não me quis.

Preciso esquecer o Olly. Aprendi minha lição. O amor *pode* matar e prefiro continuar sobrevivendo aqui dentro do que vivendo lá fora.

Uma vez falei para o Olly que eu conhecia meu próprio coração melhor do que qualquer outra coisa e isso ainda é verdade. Conheço todos os lugares do meu coração, só que os nomes mudaram.

MAPA DO DESESPERO

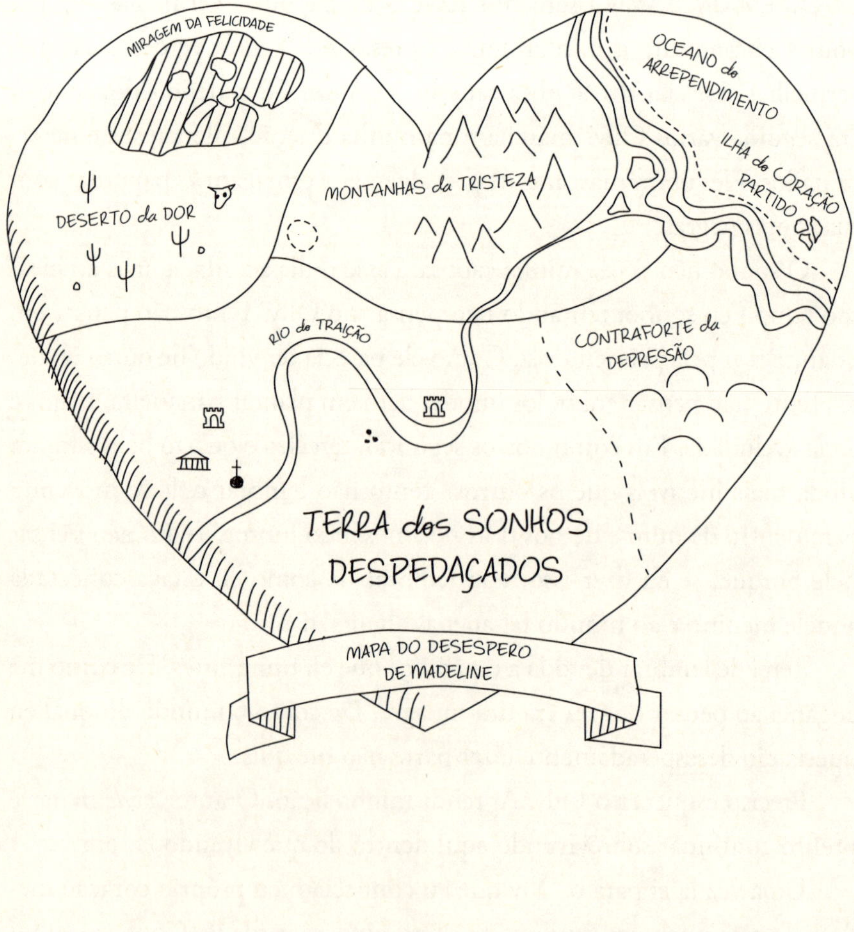

A VIDA É CURTA®

RESENHAS COM SPOILERS POR MADELINE

O ESTRANGEIRO, DE ALBERT CAMUS
ESPERANDO GODOT, DE SAMUEL BECKETT
A NÁUSEA, DE JEAN-PAUL SARTRE

Alerta de spoiler: Tudo é nada.

SELECIONAR TUDO, DELETAR

Email

ESCREVER

ENTRADA (2)
ENVIADOS
RASCUNHOS
LIXEIRA
MAIS ▾

1-25 de 2,814

☑	usuariogenerico033	limerique #1	6:14
☑	usuariogenerico033	por favor maddy	6:05
☑	usuariogenerico033	vou ficar então fazendo um monólogo aqui	5:59
☑	usuariogenerico033	não vou desistir	5:50
☑	usuariogenerico033	para quando você aparecer de novo algum dia	5:41
☑	usuariogenerico033		5:32
☑	usuariogenerico033		5:22
☑	usuariogenerico033	minha mãe está cozinhando de novo (fotos)	5:19
☑	usuariogenerico033	o significado de maddy pt. quatro	5:08
☑	usuariogenerico033	atualização da tristeza	5:01
☑	usuariogenerico033	eu de novo	

ARQUIVAR
MOVER
DELETAR

FINGINDO

FICO MAIS FORTE a cada dia que passa. Nada mais dói, a não ser meu coração, mas estou tentando não usá-lo. Mantenho as cortinas fechadas. Leio meus livros. Os existencialistas e os niilistas. Não tenho paciência para livros que fingem que a vida tem um sentido. Não tenho paciência para finais felizes.

Não penso no Olly. Ele me manda e-mails e eu os envio para a lixeira antes de lê-los.

Depois de duas semanas, estou forte o suficiente para assistir a algumas aulas. Depois de mais duas semanas, estou pronta para assistir a todas.

Não penso no Olly. Joguei fora mais e-mails dele.

Minha mãe ainda está tentando me pôr nos eixos. Ela ronda o meu quarto. E se preocupa, faz um alvoroço e me dá remédios. Agora que estou mais forte, ela me persuade a voltar com as noites de mãe-e-filha. Como Olly, ela quer que nossas vidas voltem a ser o que eram antes. Não curto nossas noites juntas — na verdade, eu não curto mais nada —, porém, faço isso por ela. Minha mãe perdeu ainda mais peso. Estou alarmada e não sei como colocá-la nos eixos, de forma que jogamos Palavras Cruzadas Fonéticas e *Imagem & Ação em Nome do Outro*, assistimos filmes e fingimos.

Os e-mails de Olly param de chegar.

— Pedi para a Carla voltar — ela diz uma noite antes do jantar.

— Pensei que você não confiasse mais nela.

— Mas eu confio em *você*. Você aprendeu a lição da forma mais difícil. Algumas coisas, precisamos experimentar por nós mesmos.

JUNTAS NOVAMENTE

NO DIA SEGUINTE, a Carla chega aqui em casa apressada. *Ainda mais* apressada que o normal, e finge que o tempo não passou.

Ela vem imediatamente falar comigo.

— Desculpe — pede a Carla. — Foi tudo minha culpa.

Tento me manter firme diante dela, pois, caso contrário, vou derreter. Se eu chorar, tudo se tornará real. E aí eu de fato terei de viver esta vida. E de fato jamais verei Olly novamente.

Faço um esforço para me segurar, mas não consigo. Ela é o travesseiro macio sobre o qual eu deveria chorar. Uma vez que eu começo, choro por uma hora sem parar. Ela está encharcada e eu não tenho mais lágrimas. Penso comigo mesma: será que é possível gastar todas as suas lágrimas?

Respondo à minha própria pergunta e choro um pouco mais.

— Como está a sua mãe? — ela pergunta quando eu finalmente paro.

— Ela não me odeia.

— As mães não sabem como odiar os seus bebês. Elas os amam demais.

— Mas ela deveria. Sou uma filha horrível. Fiz uma coisa horrorosa.

Mais lágrimas começam a escorrer, mas a Carla as seca com as mãos.

— E o seu Olly?

Balanço a cabeça. Vou contar tudo para ela, mas não sobre isso. Meu coração está muito ferido e quero manter essa dor como um lembrete e não jogar uma nova luz sobre ela. Não quero que ela se cure. Porque, se isso acontecer, posso me sentir tentada a tê-la de novo.

* * *

Nós nos adaptamos à nossa rotina normal. Cada dia é como o anterior e não será muito diferente do próximo. *O galo ama o lago*. Estou trabalhando no modelo de uma maquete de uma biblioteca com um interior repleto de escadas que dão em lugar nenhum no melhor estilo do Escher. Do lado de fora, ouço um ronco e depois um bipe. Desta vez eu imediatamente sei o que é.

No início, não vou para a janela. Mas a Carla vai até lá e me conta o que vê. É um caminhão de mudança — Mudanças Dois Irmãos. Os irmãos saíram do caminhão e descarregaram carrinhos, caixas vazias e fita crepe. Eles falam com a mãe do Olly. Kara e Olly também estão lá. Não há nenhum sinal do pai deles, Carla me diz.

Sou vencida pela curiosidade e vou para a janela espiar por detrás da cortina. Carla está certa. O pai do Olly não está em lugar nenhum. Olly, Kara e a mãe caminham, frenéticos, de um lado para o outro. Eles correm para dentro e para fora da casa, carregando caixas fechadas ou sacos de lixo cheios até a boca, largando-os na varanda para que o pessoal da mudança os coloque dentro do caminhão. Ninguém fala nada. Mesmo daqui, dá para perceber que a mãe dele está nervosa. Após alguns minutos, Olly para o que está fazendo e lhe dá um abraço. Ela o aperta com força e Olly lhe faz carinho. Kara não se junta a eles. Ela fuma abertamente agora, batendo as cinzas no chão da varanda.

Estou tentando não focar minha atenção no Olly, mas é impossível. Meu coração não dá a mínima para o que o meu cérebro pensa. Eu me dou conta do momento exato em que Olly percebe os meus olhos sobre ele. Nossos olhares se encontram. É diferente daquela primeira vez. A primeira vez era toda feita de possibilidades. Mesmo naquele dia, uma parte de mim já sabia que eu o amava.

Desta vez, tenho certeza. Eu já sei que eu o amo e que esse sentimento não vai desaparecer.

Ele ergue uma das mãos para acenar. Solto a cortina, dou as costas para a janela e pressiono as costas contra a parede, respirando fundo.

Desejo poder fazer desaparecer os últimos meses em que o conheci. Eu ficaria no meu quarto, ouviria o barulho do caminhão parado diante da casa ao lado e permaneceria em meu sofá branco, em meu quarto branco, lendo livros novos em folha. Eu me lembraria do meu passado e então me lembraria de não repeti-lo.

VIGÍLIA DA VIZINHANÇA #3

ROTINA DO PAI DELE

9:00 — Sai *para* o trabalho

20:30 — Sobe as escadas da varanda cambaleando e entra na casa.
Será que ele já está bêbado?

21:00 — Volta para a varanda com um drinque na mão.

22:15 — Desmaia na cadeira azul.

Algum tempo depois: entra em casa cambaleando.

ROTINA DA MÃE DELE

Desconhecida

ROTINA DA KARA

Desconhecida

ROTINA DO OLLY

Desconhecida

CINCO SÍLABAS

NO MÊS SEGUINTE, logo depois do Natal, o pai dele se muda também. Pela minha janela, eu o observo carregar apenas algumas caixas para uma caminhonete alugada. Torço para que ele não esteja indo para o mesmo lugar onde Olly, Kara e a mãe deles estão.

Durante alguns dias, fico olhando para a casa, imaginando como ela consegue continuar a mesma, parecer tão sólida e manter o formato de uma residência quando não há ninguém por ali para transformá-la em um lar.

Espero mais alguns dias antes de finalmente ler os e-mails que Olly me enviou. Eles ainda estão na lixeira, exatamente como eu sabia que estariam.

De usuariogenerico033
Para: Madeline F. Whittier <madeline.whittier@gmail.com>
Assunto: limerique #1
Enviado em: 16 de outubro, 20:07

houve uma menina chamada Madeline
que partiu meu coração, maquine
senti que morri
(eu vi minha alma partir)
existem mais palavras que rimem com Madeline?

De usuariogenerico033
Para: Madeline F. Whittier <madeline.whittier@gmail.com>
Assunto: limerique #2
Enviado em: 17 de outubro, 20:03

Tinha uma garota que vivia em uma bolha
que eu suspeitava que ia me dar uma trolha
ainda assim lhe dei meu coração
mas ela explodiu
e o meu amor tomou Doril

Eu rio até começar a chorar. Ele devia estar mesmo com muita raiva de mim para me enviar limeriques em vez de haicais.

Os outros e-mails são menos poéticos. Ele me contou sobre como estava tentando convencer a mãe a buscar ajuda e como tentava salvar a Kara de si mesma. Ele não sabia qual das conversas que teve com a mãe finalmente a convenceu. Poderia ter sido porque ele lhe disse que não poderia mais fazer parte daquela família se ela continuasse com o pai. Às vezes é preciso abandonar as pessoas que mais amamos, ele havia lhe dito. Ou, Olly me contou, poderia ter sido quando ele finalmente lhe falou sobre mim, sobre como eu estava doente e como eu desejava fazer qualquer coisa além de sobreviver. Olly me disse que ela acha que eu sou corajosa.

O ÚLTIMO E-MAIL DELE É UM HAICAI

De usuariogenerico033

Para: Madeline F. Whittier <madeline.whittier@gmail.com>

Assunto: haicai #1

Enviado em: 31 de outubro, 21:07

cinco sílabas aqui
agora mais sete
amo você maddy

AQUI E AGORA

A MATEMÁTICA DO Olly diz que a gente não pode prever o futuro. Acabei descobrindo que também não podemos predizer o passado. O tempo passa em ambas as direções — para a frente e para trás — e o que acontece aqui e agora muda o que passou e o que ainda virá.

CONFIDENCIAL

De: Dra. Melissa Francis
Para: madeline.whittier@gmail.com
Assunto: Resultados dos exames — CONFIDENCIAL
Enviado em: 29 de dezembro, 20:03

Srta. Whittier,

Você provavelmente não se lembra de mim. Sou a dra. Melissa Francis. Você ficou sob os meus cuidados no Hospital Memorial de Maui no Havaí por algumas horas há dois meses.

Senti que seria importante entrar em contato com você diretamente. Você precisa saber que estudei seu caso com cuidado e não acredito que você tenha, ou já tenha tido, IDCG.

Sei que isso pode ser um choque. Em anexo estão alguns resultados de exames que fizemos aqui e recomendo que você vá atrás de uma segunda (e uma terceira) opinião.

Acho que você precisa arranjar outro médico além da sua mãe para verificar minhas descobertas. Médicos nunca devem tratar seus próprios familiares.

Minha opinião médica é que mês passado no Havaí você teve um episódio de miocardite provocada por uma infecção viral. Acredito que seu sistema imunológico seja especialmente frágil de acordo com o que consegui deduzir sobre a natureza da sua criação.

Por favor, sinta-se livre para entrar em contato e fazer qualquer pergunta que você possa ter. Boa sorte.

Cordialmente,
Dra. Melissa Francis

PROTEÇÃO

LI O E-MAIL SEIS vezes até que as letras formaram palavras e as palavras formaram frases que consegui entender, mas, mesmo assim, o significado daquelas palavras unidas me escapa. Vou para o anexo que mostra os resultados dos exames. Todas as minhas taxas estão exatamente na média — nem muito altas, nem muito baixas.

É claro que houve algum erro. É claro que isso não pode estar certo. A dra. Melissa confundiu meus resultados com os de outra pessoa. Deve haver outra Madeline Whittier. Ela é uma médica inexperiente. O mundo é, no fim das contas, cruel.

Acredito que todas essas coisas sejam verdade, mas ainda assim. Imprimo o e-mail e os resultados de todos os exames. Não estou me movendo em câmera lenta. O tempo não se acelera nem passa mais devagar.

As palavras na impressão não são diferentes das que vi na tela, mas pesam mais. Mesmo assim, não podem ser verdade. Não há a menor possibilidade de aquilo ser verdade.

Passo uma hora pesquisando cada exame no Google, tentando entender o que tudo aquilo significa. É claro que a internet não é capaz de me dizer se os resultados estão corretos, a rede não pode me dizer se sou uma adolescente perfeitamente normal, com uma saúde perfeitamente normal.

E eu sei. Eu *sei* que há algum erro. Ainda assim, meus pés me carregam escada abaixo e me fazem atravessar a sala de jantar até o escritório da minha mãe. Ela não está lá e nem na sala de TV. Vou até a suíte e bato levemente na porta, com as mãos trêmulas. Ela não responde. Provavelmente está no banheiro se preparando para ir para a cama. Bato de novo, mais alto.

— Mãe — grito quando giro a maçaneta.

Quando entro, ela acabou de sair do banheiro e está apagando a luz.

Seu rosto exausto se abre em um imenso sorriso quando me vê. Os ossos da bochecha estão mais pontudos e proeminentes no rosto cada vez mais fino. O círculo negro sob os olhos parece ter se tornado permanente. Ela não está usando maquiagem alguma e o cabelo cai livremente por cima dos ombros. Um pijama de seda preta pende de seu corpo magro.

— Olá, docinho — ela me cumprimenta. — Vamos fazer uma festa do pijama? — O rosto dela está tão esperançoso que sinto vontade de aceitar o convite.

Dou um passo para dentro do quarto, balançando as folhas de papel.

— Isto aqui foi enviado por uma médica de Maui. Dra. Melissa Francis. Você a conhece?

Se eu não a estivesse olhando tão de perto, não teria percebido, mas ela congela.

— Conheci um monte de médicos em Maui, Madeline. — A voz dela é firme.

— Mãe, desculpe...

Ela ergue uma das mãos, me pedindo para parar.

— O que é, Madeline?

Dou outro passo à frente.

— Esta carta. Ela, a dra. Melissa, acha que eu não estou doente.

Minha mãe me encara como se eu não houvesse falado absolutamente nada. Ela permanece calada por tanto tempo que começo a me questionar se eu falei mesmo alguma coisa.

— Do que você está falando?

— Ela diz que não acha que eu tenha IDCG. Ela não acredita que eu algum dia tenha tido essa doença.

Ela desaba na beirada da cama.

— Ah, não. Foi para isso que você veio me ver? — A voz dela é suave, repleta de pena. — Ela lhe deu esperanças, não é? — Minha mãe faz um gesto para que eu me sente ao seu lado. — Desculpe, mas isso não é verdade.

Eu me aninho nos braços da minha mãe. Ela está certa. Eu alimentei minhas esperanças. A sensação de seus braços ao meu redor é tão boa. Eu me sinto aquecida, protegida e segura.

Ela afaga meu cabelo.

— Sinto muito por você ter visto essas coisas. Foi uma atitude muito irresponsável da parte dessa médica.

— Está tudo bem — digo com a cabeça enterrada em seu ombro. — Eu sabia que devia haver algum erro. Não alimentei falsas esperanças.

Ela me afasta e me olha bem nos olhos.

— É claro que esses resultados estão errados.

Os olhos da minha mãe se enchem de lágrimas quando ela me abraça novamente.

— A IDCG é tão rara e complicada, querida. Nem todo mundo a compreende. Há diversas variações da doença e cada pessoa reage de uma forma um pouco diferente da outra.

Ela me afasta mais uma vez e me encara para ter certeza de que estou escutando e entendendo suas palavras. Ela abaixa o tom de voz e seu tom se torna solidário — sua voz de médica.

— Você viu as consequências com seus próprios olhos, não é? Você ficou bem por um tempo e depois quase morreu em uma sala de emergência. O sistema imunológico do ser humano é complicado.

Ela franze a testa na direção dos papéis nas minhas mãos.

— E essa dra. Melissa não conhece todo o seu histórico médico. Ela está vendo apenas uma pequena parcela do conjunto. Ela não está o tempo todo ao seu lado.

— Mãe, está tudo bem — insisto. — De qualquer forma, eu não acreditei nos resultados desses exames.

Não acho que ela tenha me ouvido.

— Preciso protegê-la — diz minha mãe.

— Eu sei, mãe. — Na verdade, não quero mais falar sobre esse assunto. Volto para os braços dela.

— Preciso protegê-la — ela repete com o rosto enfiado no meu cabelo.

E é esse último "preciso protegê-la" que faz uma parte de mim ficar em silêncio.

Há uma incerteza na voz dela que eu não esperava e a qual eu não consigo entender.

Tento me afastar para ver seu rosto, mas ela me aperta com ainda mais força.

— Mãe. — Faço ainda mais força para me soltar.

Ela me deixa ir, acariciando meu rosto com a mão livre.

Franzo a testa na direção dela.

— Posso ficar com isso? — Eu me refiro aos papéis em suas mãos.

Ela olha para baixo e parece confusa, como se tentasse entender como aquelas folhas chegaram até ali.

— Você não precisa disso — ela retruca, mas mesmo assim me devolve.

— Vamos fazer uma festa do pijama? — ela pergunta novamente, dando tapinhas no colchão ao seu lado. — Eu me sentirei melhor com você aqui perto de mim.

Só que não tenho certeza se ela realmente irá se sentir assim.

DICIONÁRIO DA MADELINE

sus.pei.ta (sʊʃ.pˈej.tɐ) *s.f. pl.* -s 1. A verdade em que você não acredita, não consegue acreditar, não vai acreditar: *As suspeitas dela a respeito da mãe a fizeram passar a noite em claro. / Ela tinha uma suspeita crescente de que o mundo ria da sua cara.* [2015, *Whittier*]

IDENTIDADE

CARLA MAL ATRAVESSOU a porta e eu já corri para ela com a carta nas mãos. Ela lê e, a cada frase, seus olhos se arregalam.

Ela agarra meu antebraço.

— Onde você conseguiu isso?

— Continue a ler — peço. As tabelas e as medições farão muito mais sentido para ela do que para mim.

Examino a expressão no rosto da Carla e tento entender o que está acontecendo no meu mundo. Eu esperava que ela descartasse todo o conteúdo daquela correspondência exatamente como a minha mãe havia feito, mas a reação da Carla é... diferente.

— Você já mostrou isso para a sua mãe?

Eu faço que sim com a cabeça, sem falar nada.

— O que ela disse?

— Que está tudo errado — sussurro, tentando esconder o som da minha própria voz.

Ela observa o meu rosto por um longo tempo.

— Precisamos descobrir — conclui Carla.

— Descobrir o quê?

— Se isto aqui é ou não verdade.

— Como poderia ser verdade? Isso significaria que...

— Shh, shh. Ainda não sabemos de nada.

Não sabemos de nada? Claro que sabemos. Sabemos que estou doente. Que não tenho permissão para sair de casa, pois posso morrer se fizer isso. Esta é a pessoa que eu sou.

— O que está acontecendo? — exijo saber. — O que você está escondendo de mim?

— Nada, nada. Não estou escondendo absolutamente nada.

— Então, o que você quer dizer?

Ela solta um suspiro longo e cansado.

— Juro que não sei de nada, mas, às vezes, tenho as minhas suspeitas.

— Suspeitas sobre o quê?

— Às vezes acho que a sua mãe não está cem por cento correta. Talvez ela nunca tenha se recuperado do que aconteceu com o seu pai e o seu irmão.

O oxigênio da sala é substituído por alguma outra coisa, algo fino e impossível de ser respirado. O tempo começa a passar devagar e passo a enxergar tudo como se estivesse dentro de um túnel. As paredes estão muito próximas e a Carla se afasta de onde eu estou, uma figura minúscula no fim de um corredor muito, muito comprido. Essa visão me dá uma espécie de vertigem. Perco o equilíbrio e em seguida começo a sentir náuseas.

Corro para o banheiro e quase vomito na pia. Carla entra atrás de mim e joga um pouco d'água no meu rosto.

Ela coloca uma das mãos nas minhas costas e eu desabo com o peso dela. Eu me torno um ser imaterial. Sou novamente a garota-fantasma do Olly. Aperto a porcelana da pia com as mãos. Não consigo erguer os olhos até o espelho porque não reconheço a menina ali refletida.

— Preciso ter certeza — solto um grunhido, usando a voz de outra pessoa.

— Me dê um dia. — Carla tenta me puxar para um abraço, mas eu me esquivo. Não quero conforto, nem proteção.

Quero apenas a verdade.

PROVA DE VIDA

TUDO O QUE ME RESTA fazer é dormir. Eu aquieto a minha mente, relaxo o corpo e vou para a cama. Entretanto, não importa quanto eu tente, o sono simplesmente não vem. Meu cérebro parece estranhar o quarto e vejo alçapões em todos os lugares. A voz da Carla repete sem parar na minha mente: *Talvez ela nunca tenha se recuperado do que aconteceu.* O que será que isso pode significar? Olho para o relógio. Uma da manhã. Sete horas até a Carla voltar. Vamos fazer alguns exames de sangue e enviar para um especialista em IDCG que eu encontrei. Sete horas. Fecho os olhos. E abro-os novamente à uma hora e um minuto.

Não vou conseguir esperar pela resposta. Preciso ir até ela.

Tenho de me esforçar ao máximo para caminhar em vez de correr até o escritório da minha mãe. Tenho certeza de que ela está dormindo, mas não posso me arriscar e acabar acordando-a. Ponho uma das mãos na fechadura e por um momento terrível, imagino que a porta possa estar trancada, de forma que eu teria de esperar, coisa que não posso fazer. Entretanto, a maçaneta gira e a sala se abre para mim como se estivesse me aguardando, ansiando pela minha presença ali dentro.

Tudo se encontra perfeitamente normal no escritório, nem muito arrumado, nem muito bagunçado. Não há nenhum sinal óbvio de uma mente adoentada. Não há nenhuma parede coberta por inscrições malucas, confusas e caóticas.

Caminho até a grande escrivaninha que ocupa o centro do cômodo. Ela tem um arquivo embutido, de modo que começo por ali a minha busca. Minhas mãos tremem. Mais do que isso. Na verdade, minhas mãos parecem estar sofrendo um terremoto, exatamente como o resto de mim.

Minha mãe é meticulosa e extravagante com seus arquivos. Ela anota tudo e demoro uma hora em apenas um punhado de pastas. Ali há recibos de pequenas e grandes compras, contratos de aluguel, contas, garantias e manuais de instruções. Ela guarda até os ingressos do cinema.

Por fim, lá no fundo, encontro o que estou procurando: uma grossa pasta vermelha onde está escrito *Madeline*. Eu a tiro da gaveta com cuidado e abro espaço no chão.

O arquivo da minha vida começa com a gravidez da minha mãe. Encontro receitas de complexos vitamínicos pré-natais, sonogramas e cópias das orientações dadas a cada uma de suas visitas ao médico. Encontro uma ficha preenchida à mão com duas opções — uma para um menino e outra para uma menina. A da garota está marcada. Minha certidão de nascimento está anexada à ficha.

À medida que prossigo com a minha investigação, não levo muito tempo para perceber que fui um bebê doente. Encontro descrições das visitas do pediatra devido a erupções, alergias, eczemas, resfriados, febres e duas infecções de ouvido, tudo isso antes que eu completasse quatro meses de idade. Encontro encaminhamentos para lactação e para consultas a especialistas em sono infantil.

Quando eu tinha cerca de seis meses, exatamente trinta dias depois da morte do meu pai e do meu irmão, dei entrada em um hospital com um vírus sincicial respiratório (VSR). Não sei o que é isso e faço uma nota mental para pesquisar mais tarde no Google. Foi sério o suficiente para me manter no hospital por três dias.

E então o arquivo da minha mãe começou a se tornar menos meticuloso. Encontro uma página impressa da internet sobre VSR. Ela circulou a parte que explica que a VSR ocorre de forma mais severa em pessoas com sistemas imunológicos comprometidos. Encontro uma cópia da primeira página de um artigo sobre IDCG extraído de um periódico de medicina. Os garranchos que ela fez nos cantos da página são incompreensíveis. Depois disso há apenas um único registro de uma visita a um alergista e depois a três diferentes imunologistas. Todos eles concluíram que nenhuma doença foi encontrada.

E isso é tudo.

Reviro o arquivo novamente em busca de mais pastas. Não faz sentido que qualquer outro registro sobre mim estivesse em outro lugar. Onde estão os resultados dos exames? Deve haver um quarto imunologista, certo? Onde está o diagnóstico? Onde estão as consultas e as segundas opiniões? Deve haver outra pasta vermelha grossa. Esquadrinho os arquivos uma terceira vez. E depois uma quarta. Espalho o conteúdo de outras pastas no chão e o reviro. Caço entre os papéis sobre a mesa. Folheio as páginas de seus periódicos de medicina procurando por passagens destacadas.

Minha respiração se acelera enquanto corro pelas prateleiras. Arranco livros, balançando-os pelas lombadas, tentando fazer com que algo caia — um resultado de exame esquecido, um diagnóstico oficial. Não encontro nada.

Contudo, nada não é uma prova.

Talvez essa prova esteja em algum outro lugar. Logo de primeira descubro a senha do computador da minha mãe — Madeline. Passo duas horas examinando todos os documentos no computador dela. Investigo o histórico do navegador. Olho a lixeira.

Nada.

Nada.

Onde está a prova da vida que tenho vivido?

Dou uma pirueta em câmera lenta no meio do cômodo. Não acredito no que meus próprios olhos comprovam. Não acredito no que não sou capaz de ver. Como assim não há nada? É como se a minha doença houvesse sido inventada do nada, como se fosse feita do ar leve que respiro neste exato momento.

Isso não é verdade. Não pode ser.

Talvez minha mãe mantenha outro arquivo no quarto dela? Por que não pensei nisso antes? São 5:23 da manhã. Será que posso esperar até que ela acorde? Claro que não.

A porta se abre assim que me viro.

— Aí está você — minha mãe diz com a voz repleta de alívio. — Fiquei preocupada. Você não estava no seu quarto. — Ela dá mais um passo para dentro do escritório e seus olhos se arregalam ao ver o caos que nos cerca. — Sofremos um terremoto? — ela pergunta antes de se dar conta de que aquela bagunça foi ação de um ser humano. Ela se vira para mim, confusa. — Docinho, o que está acontecendo?

— Eu estou mesmo doente? — Ouço a minha própria pulsação retumbando nos meus ouvidos.

— O que você disse?

— Eu estou mesmo doente? — repito, mais alto desta vez.

Sua raiva crescente é substituída pela preocupação.

— Você se sente doente?

Ela ergue uma das mãos para me tocar, mas eu a afasto.

A dor no rosto dela me faz realmente me sentir um pouco mal, mas eu me contenho.

— Não é isso que quero dizer. Eu tenho mesmo IDCG?

Sua preocupação desaparece aos poucos, dando lugar à exasperação e um pouco de pena.

— Isso ainda tem a ver com a carta?

— Sim — respondo. — E com a Carla também. Ela comentou que você talvez não estivesse bem.

— E o que isso significa?

Do que eu a estou acusando exatamente?

— Onde estão todos os papéis? — exijo.

Ela respira fundo para se equilibrar.

— Madeline Whittier, do que você está falando?

— Você arquiva de tudo aqui, mas não há nada sobre a IDCG. Por que não consigo encontrar nada? — Pego a pasta vermelha no chão e a balanço diante da minha mãe. — Você tem tudo aqui.

— Do que você está falando? — ela insiste. — É claro que está aí dentro.

Não tenho certeza do que eu esperava que ela dissesse, mas tenho certeza de que não era aquilo. Será que ela realmente acredita que está tudo ali?

Minha mãe aperta a pasta junto ao peito como se quisesse que ela se tornasse parte dela.

— Você procurou com cuidado? Eu guardo tudo.

Ela vai até a escrivaninha e abre espaço. Eu a observo examinar os arquivos, reorganizando todos os papéis, alisando com as mãos páginas que não têm nem uma única dobra.

Depois de um tempo, ela olha para mim.

— Você os tirou daqui? Sei que eles estavam aqui em algum lugar. — A voz dela está grossa devido à confusão e, também, ao medo.

E é então que tenho certeza.

Não estou doente, nem nunca estive.

DO LADO DE FORA

SAIO CORRENDO DO escritório. O corredor se estende diante de mim e parece infinito. Estou parada na frente do filtro de ar e nenhum vento sai do aparelho. Estou do lado de fora e minha respiração é inaudível.

Meu coração para de bater.

Vomito mesmo estando de estômago vazio. A bile queima quando volta para a minha garganta.

Estou chorando e o ar gelado da manhã congela as minhas lágrimas.

Solto uma gargalhada e o frio invade meus pulmões.

Não estou doente. Jamais estive doente.

Todas as emoções que segurei nas últimas vinte e quatro horas tomam conta de mim. Esperança e desespero, antecipação e arrependimento, alegria e raiva. Como é possível sentir uma determinada emoção e seu exato oposto ao mesmo tempo? Eu luto, imersa em um oceano escuro, com um colete salva-vidas ao redor do peito e uma âncora presa a uma das pernas.

Minha mãe corre atrás de mim. Seu rosto é uma ruína de medo.

— O que você está fazendo? O que você está fazendo? Você precisa entrar.

Eu me concentro para manter apenas ela em meu campo de visão.

— Por que, mãe? Por que eu preciso entrar?

— Porque você é doente. Coisas ruins podem acontecer com você aqui fora.

Minha mãe ergue os braços para me trazer para ela, mas eu me esquivo.

— Não, não vou voltar para dentro.

— Por favor — ela implora. — Não posso perder você também. Não depois de tudo que aconteceu.

Seus olhos estão fixos em mim, mas tenho certeza de que ela não me vê.

— Eu os perdi. Perdi o seu pai e perdi o seu irmão. Eu não podia perder você também. Eu simplesmente não podia.

O rosto dela desmorona, desfazendo-se. Seja qual for a estrutura que o sustentava, desistiu de sua função de forma repentina e catastrófica.

Ela está devastada. Está devastada já faz muito tempo. Carla tinha razão. Ela jamais se recuperou da morte deles.

Digo alguma coisa, não sei exatamente o que, mas ela continua a falar.

— Logo depois que eles morreram, você ficou tão, mas tão doente. Você não respirava direito e eu a levei para a emergência, onde ficamos por três dias. E eles não sabiam o que havia de errado. Disseram que provavelmente era uma alergia. Eles me deram uma lista de coisas das quais você deveria ficar afastada, mas eu sabia que havia mais do que aquilo. — Ela balança a cabeça para cima e para baixo. — Eu sabia que havia mais do que aquilo. Eu tinha de *proteger* você. Qualquer coisa podia acontecer com você aqui. — Ela olha ao redor. — Qualquer coisa pode acontecer com você aqui. No mundo.

Eu deveria sentir alguma compaixão, mas não é isso que aflora em mim. A raiva cresce e toma conta de todo o resto.

— Não estou doente — grito. — Jamais estive doente. Você é a doente por aqui. — Golpeio o ar diante do rosto dela. Eu a observo se encolher até desaparecer.

— Entre — ela sussurra. — Eu vou protegê-la. Fique comigo. Você é tudo o que tenho.

A dor da minha mãe é infinita, maior que o próprio mundo.

A dor da minha mãe é um mar morto.

A dor da minha mãe é por mim, mas não posso mais suportar isso.

CONTOS DE FADAS

ERA UMA VEZ uma menina cuja vida inteira era uma mentira.

O VAZIO

UM UNIVERSO QUE pode ser criado em um piscar de olhos também pode ser destruído com o mesmo movimento.

INÍCIOS E FINAIS

QUATRO DIAS SE PASSAM. Eu como. Faço meu dever de casa. Não leio. Minha mãe vaga ao redor como se sofresse de amnésia. Não acho que ela tenha compreensão do que aconteceu. Minha mãe parece se dar conta de que há algo que ela deve consertar, mas não tem certeza do que venha a ser. Às vezes ela tenta falar comigo, mas eu a ignoro. Mal olho para ela.

Na manhã após eu descobrir a verdade, a Carla levou amostras do meu sangue para o dr. Chase, o especialista em IDCG. Estamos no consultório dele agora, esperando que eu seja chamada. E, apesar de eu saber o que ele vai dizer, temo a confirmação médica sobre o meu estado.

Quem serei eu se não for mesmo doente?

Uma enfermeira chama meu nome e peço para que a Carla espere do lado de fora. Seja qual for o motivo, quero ouvir a notícia sozinha.

O dr. Chase se levanta quando entro na sala. Ele parece com as fotos que vi na internet — um homem branco de uma certa idade com cabelos grisalhos e olhos pretos e brilhantes.

Ele olha para mim com uma mistura de simpatia e curiosidade.

O dr. Chase faz um gesto para que eu me sente e espera que eu o faça até voltar também para sua cadeira.

— O seu caso — ele começa, então faz uma pausa.

Ele está nervoso.

— Tudo bem — incentivo. — Eu já sei.

Ele abre uma pasta sobre a mesa e balança a cabeça como se ainda estivesse confuso com os resultados.

— Repassei estes laudos várias e várias vezes. Chequei com os meus colegas para ter certeza absoluta. Você não está doente, srta. Whittier.

Ele para e espera pela minha reação.

Balanço a cabeça.

— Eu já sabia.

— Carla, a enfermeira Flores, me passou o seu histórico. — Ele folheia mais algumas páginas, compenetrado, tentando evitar o que precisa dizer a seguir. — Como médica, sua mãe deveria saber disso. Sabe-se que a IDCG é uma doença muito rara que se manifesta de diferentes formas, mas você não tem nenhum, absolutamente nenhum dos sintomas registrados da doença. Se sua mãe fez alguma pesquisa, qualquer exame que seja, ela sabe disso.

As paredes do consultório caem por terra e estou em uma paisagem vazia e branca, ponteada por portas abertas que não levam a lugar algum.

Quando finalmente volto a mim, o dr. Chase está me observando, na expectativa.

— Desculpe, o senhor falou alguma coisa? — indago.

— Sim. Deve haver algumas perguntas que você queira fazer.

— Por que fiquei doente no Havaí?

— As pessoas ficam doentes, Madeline. Pessoas normais e saudáveis ficam doentes o tempo todo.

— Mas o meu coração parou.

— Sim. Suspeito que foi uma miocardite. Conversei também com a médica que a atendeu no Havaí. Ela suspeita do mesmo diagnóstico. Basicamente, em algum momento do seu passado você teve uma infecção viral que enfraqueceu o coração. Você sentiu alguma dor no peito ou falta de ar quando esteve no Havaí?

— Sim — confirmo devagar, lembrando-me do aperto no peito que eu, teimosa, ignorei.

— Bem, a miocardite parece ser uma candidata bastante provável.

Não tenho nenhuma outra pergunta, pelo menos não para ele, de qualquer forma. Eu me levanto.

— Bem, muito obrigada, dr. Chase.

Ele também se levanta, agitado e parecendo ainda mais nervoso do que antes.

— Antes que você vá embora, há mais uma coisa.

Eu me sento novamente.

— Devido às circunstâncias em que você foi criada, não temos muita certeza a respeito das condições do seu sistema imunológico.

— O que isso significa?

— Achamos possível que ele tenha se desenvolvido de forma reduzida, como se pertencesse a uma criança.

— Uma criança?

— O seu sistema imunológico jamais foi exposto a viroses e infecções comuns na vida de qualquer pessoa. Ele não teve tempo para se tornar experiente o suficiente para lutar contra essas infecções. Ele não teve tempo para se fortalecer.

— Então, quer dizer que eu ainda estou doente?

Ele se recosta na cadeira.

— Não tenho uma resposta exata para você. Estamos pisando em um território inexplorado. Jamais ouvi falar sobre um caso como o seu antes. Isso pode significar que você vai ficar doente com mais frequência do que as pessoas com sistemas imunológicos saudáveis. Ou pode significar que, se você ficar doente, o problema será muito grave.

— Como eu poderei saber?

— Não creio que haja uma maneira de saber. Recomendo cautela.

Marcamos visitas semanais de revisão. Ele me diz que devo ir com calma quando começar a conhecer o mundo. Nada de grandes multidões, comidas que não me são familiares nem atividades físicas exaustivas.

— O mundo não vai para lugar algum — ele me diz enquanto saio do consultório.

DEPOIS DA MORTE DE

PASSO AS SEMANAS seguintes pesquisando mais qualquer informação que explique o que aconteceu comigo e o que aconteceu com a minha mãe. Quero encontrar algum diário com os pensamentos dela escritos com letra legível. Quero ver a loucura dela claramente delineada de maneira que possa traçar seu histórico por mim mesma. Quero detalhes e explicações. Quero saber por que e por que e por quê. Preciso saber o que aconteceu, mas ela não pode me dizer. Ela está muito machucada. E se ela pudesse fazer isso? Faria alguma diferença? Será que eu *entenderia*? Será que eu entenderia os níveis de dor e medo que a levaram a tirar a minha vida?

O dr. Chase me diz que ela precisa de um terapeuta. Ele acha que levará um longo tempo até que ela possa explicar o que aconteceu. Se é que esse dia chegará. Ele supõe que minha mãe tenha sofrido alguma espécie de colapso depois que meu pai e meu irmão morreram.

Carla tenta usar todo o seu poder de persuasão para tentar me convencer a não sair de casa. Não só pelo bem da minha mãe, mas pelo meu próprio. Minha saúde ainda é desconhecida.

Cogito a possibilidade de mandar um e-mail para o Olly, mas tanto tempo se passou. Eu menti para ele. Ele provavelmente se mudou. Provavelmente encontrou outra pessoa. Não tenho certeza se sou capaz de suportar mais um coração partido. E o que eu diria? Que quase não estou mais doente?

No fim, a Carla me convence a ficar com a minha mãe. Ela diz que sou uma pessoa melhor que isso. Não tenho tanta certeza. Fosse quem fosse a pessoa que eu era antes, ela morreu depois que descobri a verdade.

UMA SEMANA D.M.

TENHO A MINHA primeira consulta semanal com o dr. Chase. Ele pede incansavelmente para que eu tenha cautela.

Instalo uma fechadura na porta do meu quarto.

DUAS SEMANAS D.M.

Email

ESCREVER

ENTRADA
ENVIADOS
RASCUNHOS (4)
LIXEIRA
MAIS ▾

1-4

☐	Madeline, Olly (RASCUNHOS)	Desculpe, estou com saudade de você	Jan 19
☐	Madeline, Olly (RASCUNHOS)	Como você está?	Jan 20
☐	Madeline, Olly (RASCUNHOS)	grandes novidades	Jan 21
☐	Madeline, Olly (RASCUNHOS)	minha mãe	Jan 22

TRÊS SEMANAS D.M.

MINHA MÃE TENTA ENTRAR no meu quarto, mas a porta está trancada por dentro.

Ela vai embora.

Faço mais dois rascunhos de e-mails para o Olly, mas não envio.

O dr. Chase continua a clamar por cautela.

QUATRO SEMANAS D.M.

PINTO CADA PAREDE do meu quarto de uma cor diferente. A da janela está amarelo-claro, cor de manteiga. As prateleiras estão pintadas de laranja-poente contra uma parede azul-pavão. A parede onde fica a cabeceira da minha cama é cor de lavanda e a última está preta, pintada com tinta de quadro-negro.

Minha mãe bate na minha porta, mas finjo que não ouço.

Ela vai embora.

CINCO SEMANAS D.M.

ENCOMENDO PLANTAS de verdade para o solário. Desligo os filtros de ar e abro as janelas. Compro cinco peixinhos dourados, dou a todos eles o nome de Olly e solto-os na fonte.

SEIS SEMANAS D.M.

O DR. CHASE INSISTE que é muito cedo para que eu tente me matricular em uma escola de ensino médio. Há muitos adolescentes com muitas doenças por lá. Carla e eu o persuadimos a permitir que alguns dos meus tutores me visitem pessoalmente quando puderem. Ele fica relutante, mas concorda.

A MÃE DE MADELINE

SERVIÇOS PSIQUIÁTRICOS FAMILIARES
Avenida Bluff, Santa Monica, CA

Margaret Stevenson
Médica
Membro do Conselho Norte-Americano
de Psiquiatria e Neurologia

23/02/2015 16:19
Preenchido em 26/02/2015 20:30

Pág. 1 de 1

PACIENTE

Pauline Whittier (sexo feminino, 51 anos)

RESUMO

A paciente é capaz de revisitar os fatos da noite em que o marido e o filho morreram. Ela ainda se refere a eles no tempo presente. Fica claro que teremos algum trabalho aqui.

TRANSCRIÇÃO

Você sabe que os policiais tocam em suas armas quando estão nervosos? É um tique. Percebo isso na emergência do hospital sempre que eles trazem membros de gangues ou ladrões. Acho que tocar nelas os acalma. Dois deles vieram à nossa casa depois do acontecido. Será que eles fazem isso de propósito? Um homem e uma mulher. Foi a mulher quem contou tudo, tocando na arma o tempo todo. Ela me chamava de senhora. Acho que ela tentava fazer com que eu adivinhasse por mim mesma o que os dois haviam vindo me contar, de maneira que não tivesse que dizer aquilo em voz alta. Sou médica. Estou acostumada a dar más notícias, mas ela não. A policial falava sem parar. Ela me contou o que aconteceu, mas eu não estava mais lá. Eu estava no quarto de bebê da Maddy. Eu acariciava sua barriga. A policial continuava a falar e tudo que eu queria era que ela parasse. Eu queria que tudo parasse. Nada mais de bebê chorando, nada mais de doenças, hospitais, mortes. Eu só queria que, pelo menos uma vez, tudo simplesmente pudesse parar.

DF: CE

FLORES PARA ALGERNON

UMA SEMANA DEPOIS, a Carla e eu observamos enquanto o sr. Waterman cruzava o gramado de carro para ir embora de vez de minha casa. Eu lhe dei um abraço antes de sua partida. Ele ficou surpreso, mas não perguntou nada. Simplesmente me abraçou também como se aquilo fosse a coisa mais natural do mundo.

Fiquei do lado de fora por alguns minutos depois que ele foi embora e a Carla esperou comigo. Ela estava tentando achar um jeito de partir com jeitinho o meu coração que já estava despedaçado.

— Então... — ela começa.

Sei o que vai dizer. Ela passou o dia inteiro juntando forças para falar aquilo.

— Por favor, não me deixe, Carla. Eu ainda preciso de você.

Os olhos dela ainda estão em mim, mas não sou capaz de olhar para ela.

Ela não rebate o que eu disse, apenas pega as minhas mãos nas suas.

— Se você realmente, de verdade, precisa que eu fique, eu ficarei. — Ela aperta os meus dedos. — Mas você não precisa de mim.

— Eu sempre vou precisar de você. — Não tento impedir as lágrimas de caírem.

— Mas não como antes — ela diz suavemente.

É claro que a Carla está certa. Eu não preciso que ela fique aqui comigo oito horas por dia. Não necessito de cuidados constantes. Mas o que vou fazer sem ela?

Minhas lágrimas se transformam em soluços profundos. Ela me envolve em seus braços e deixa que eu chore até que as lágrimas se esgotem.

— O que você vai fazer?

Ela seca o meu rosto com os lados das mãos.

— Posso voltar a trabalhar em um hospital.

— Você já contou para a minha mãe?

— Hoje de manhã.

— O que ela disse?

— Ela me agradeceu por cuidar de você.

Não tento esconder a careta que se forma em meu rosto.

Ela pega o meu queixo.

— Quando você vai abrir o seu coração e perdoá-la?

— O que ela fez é imperdoável.

— Ela estava doente, querida. Ela ainda está doente.

Faço que não com a cabeça.

— Ela me tirou toda a minha vida.

Mesmo agora, quando penso em todos os anos que perdi, eu me sinto como se estivesse à beira de um enorme abismo, como se eu pudesse cair e nunca mais voltar.

Carla me empurra de volta para o presente.

— Não foi a sua vida toda. Você ainda tem muito pela frente.

Voltamos para dentro. Eu a observo recolher suas coisas pela última vez.

— Você leu *Flores para Algernon*?

— Li.

— Gostou?

— Não. Não é o meu tipo de livro. Não há muita esperança naquelas páginas.

— Ele fez você chorar, não é?

Ela faz que não com a cabeça, mas logo confessa:

— Tudo bem, fez, sim. Como um bebê.

Nós duas caímos na gargalhada.

O PRESENTE

UMA SEMANA DEPOIS, minha mãe bate em minha porta. Permaneço no sofá no mesmo lugar onde estava. Ela bate com mais insistência e o meu ressentimento aflora. Não tenho certeza se nosso relacionamento será recuperado algum dia. É difícil para mim perdoá-la quando ela não consegue entender toda a gravidade de seu crime.

Abro a porta com violência quando ela está prestes a bater de novo.

— Não é uma boa hora — digo.

Ela se encolhe, mas eu não ligo. Quero feri-la muitas e muitas vezes. Minha raiva está sempre por perto. Espero que diminua com o passar do tempo, mas ela ainda está bem ali, à espreita.

Minha mãe respira fundo.

— Tenho uma coisa para você. — A voz dela é baixa e confusa.

Reviro os olhos.

— Você acha mesmo que presentes vão ajudar em alguma coisa?

Sei que acabei de machucá-la novamente. O presente treme em suas mãos. Eu o pego apenas porque quero terminar com a conversa o mais rápido possível. Quero me trancar no meu quarto, onde ela não pode entrar, e não ter de sentir pena, empatia, compaixão, nada.

Ela se vira para ir embora, mas então para.

— Eu ainda a amo, Madeline. E você ainda me ama. Você tem toda a vida pela frente. Não a desperdice. Me perdoe.

O FIM É O COMEÇO É O FIM

ABRO O PRESENTE da minha mãe. É um telefone. Abro o aplicativo da previsão do tempo da semana: sol e calor todos os dias.

Preciso sair de casa. Vou para o lado de fora, sem saber para onde estou indo até chegar lá. Felizmente, a escada continua ali onde Olly a deixou. Subo até o telhado da antiga casa dele.

O sistema solar mecânico continua ali e continua lindo. O sol, a lua e as estrelas de papel-alumínio balançam, se torcem nos fios que os prendem e refletem os raios de sol de volta para o universo mais vasto. Dou um peteleco em um dos planetas e todo o sistema começa a rodar devagar. Compreendo porque o Olly o construiu. É tranquilizante ver o mundo inteiro de uma vez só — ver as peças e saber como elas se encaixam.

Nossa, já se passaram mesmo cinco meses desde que estive aqui pela última vez? Parece que faz uma vida que não piso neste sótão. E a garota que esteve aqui? Era mesmo eu? Será que tenho algo em comum com a velha Maddy além de uma forte semelhança física e o mesmo nome?

Quando eu era mais nova, uma das minhas atividades preferidas era imaginar versões de mim em universos alternativos. Às vezes eu era uma menina de bochechas rosadas que adorava ficar ao ar livre, comia flores e fazia trilhas sozinha, subindo quilômetros e mais quilômetros montanha acima. Ou eu era uma paraquedista, piloto de corrida, uma jovem destemida, movida a adrenalina. Ou uma caçadora de dragões de cota de malha e espada sempre em punho. Era divertido imaginar essas coisas porque eu já sabia quem eu era. Agora, não sei de mais nada. Não sei quem devo ser neste novo mundo.

Continuo tentando determinar o momento em que tudo mudou. O momento em que minha vida tomou esse rumo. Será que foi quando o meu pai e o meu irmão morreram? Foi quando eles entraram no carro no dia do acidente? Foi quando o meu irmão nasceu? Ou quando os meus pais se conheceram? Talvez não tenha sido em nenhuma dessas ocasiões. Talvez tenha sido quando um motorista de caminhão decidiu que não estava cansado demais para dirigir. Ou, antes de qualquer outra coisa, quando ele decidiu se tornar motorista de caminhão. Ou quando ele nasceu.

Ou qualquer outro conjunto de momentos que levaram a este que enfrento agora.

Então, se eu pudesse mudar um único momento, qual eu escolheria? E quais resultados eu quereria? Será que eu ainda seria a Maddy? Será que eu viveria nesta casa? Será que um garoto chamado Olly teria se mudado para a casa ao lado? Será que teríamos nos apaixonado?

Segundo a teoria do caos, até mesmo a menor das mudanças na condição inicial pode levar a resultados amplamente imprevisíveis. Uma borboleta bate as asas e um tornado se forma no futuro.

Ainda assim.

Acho que, se eu pudesse localizar esse momento, eu o destruiria em pedacinhos, molécula por molécula, até que ele se reduzisse ao nível atômico, até que atingisse a parte essencial e inviolável. Se eu pudesse destruí-lo e compreendê-lo, então talvez eu pudesse fazer exatamente a mudança certa.

Eu poderia dar um jeito na minha mãe para que ela jamais se sentisse devastada.

Eu poderia entender como acabei sentada neste sótão no início do fim de tudo.

FUTURO PERFEITO #2

Para: usuariogenerico033@gmail.com

De: madeline.whittier@gmail.com

Assunto: Futuro Perfeito #2

Data de envio: 10 de março, 19:33

Quando você ler isso, já terá me perdoado.

DECOLAGEM

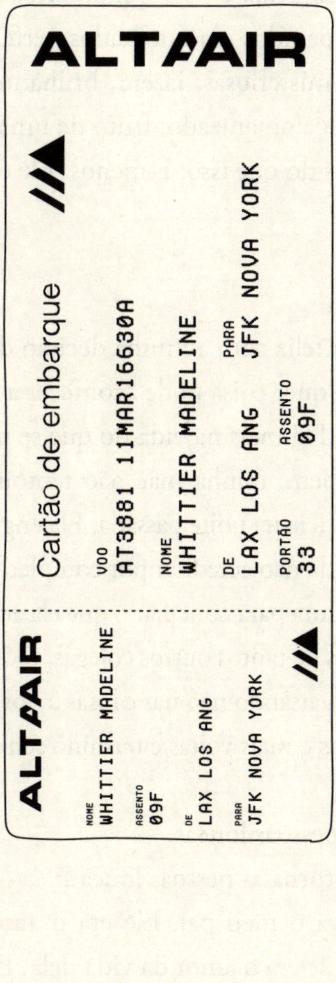
ALTAIR
Cartão de embarque
VOO
AT3881 11MAR16630A
NOME
WHITTIER MADELINE
DE
LAX LOS ANG
PARA
JFK NOVA YORK
PORTÃO
33
ASSENTO
09F
ALTAIR
NOME
WHITTIER MADELINE
ASSENTO
09F
DE
LAX LOS ANG
PARA
JFK NOVA YORK

PERDÃO

OLHO PELA JANELA do avião e vejo quilômetros e mais quilômetros de campos verdejantes separados em quadrados perfeitos. Dezenas de piscinas azul-esverdeadas, misteriosas, jazem, brilhantes, lá embaixo. Daqui do alto, o mundo parece organizado, fruto de uma equação.

Mas sei que é mais do que isso. E menos. Ele é estruturado e caótico. Belo e estranho.

O dr. Chase não ficou feliz com a minha decisão de viajar de avião assim tão depressa. Mas qualquer coisa pode acontecer a qualquer momento. A segurança não é tudo. Há mais na vida do que se manter vivo.

Para seu próprio bem, minha mãe não tentou me impedir de viajar quando eu lhe dei a notícia na noite passada. Ela engoliu todo o medo, todo o pânico, apesar de ainda não acreditar por completo que não estou doente. Seu cérebro de médica luta para conciliar o que ela acreditou por tantos anos com todas as evidências de tantos outros colegas, todos os exames. Tento me colocar no lugar dela, pensando não nas causas e nos efeitos, mas nos efeitos e nas causas. Dou voltas e mais voltas e termino sempre no mesmo lugar.

Amor.

O amor torna as pessoas loucas.

A perda do amor torna as pessoas loucas.

Minha mãe amava o meu pai. Ele era o amor da vida dela. E ela amava o meu irmão. Ele era o amor da vida dela. E ela me ama. Eu sou o amor da vida dela.

O universo levou o meu pai e o meu irmão embora. Para ela, isso foi um Big Bang às avessas: tudo se tornou um nada.

Consigo entender isso.

Quase.

Estou tentando entender.

— Quando você voltará para casa? — ela perguntou.

Contei a ela a verdade.

— Não sei mais se isto aqui ainda é um lar.

Ela chorou, mas ainda assim me deixou ir, e isso tem de valer para alguma coisa.

Por fim, o cobertor de nuvens se torna muito espesso para que eu possa ver o que quer que seja. Relaxo no meu assento e releio *O Pequeno Príncipe.* E, exatamente como em todas as outras vezes, o sentido muda.

A VIDA É CURTA®

RESENHAS COM SPOILERS POR MADELINE

O PEQUENO PRÍNCIPE, DE ANTOINE DE SAINT-EXUPÉRY

Alerta de spoiler: Tudo vale a pena por amor. Tudo.

ESTA VIDA

ATÉ MESMO ÀS NOVE da manhã de um sábado a cidade de Nova York é tão barulhenta e engarrafada a ponto de justificar sua fama. As ruas estão tomadas por carros que buzinam e se movimentam devagar. Nas calçadas, uma multidão que mais parece um enxame de abelhas se aglomera, com pessoas passando a milímetros das outras sem se esbarrar, como se seus movimentos fossem coreografados. Do banco de trás do táxi, deixo os barulhos e os cheiros da cidade tomarem conta de mim. Abro bem os olhos para assimilar todo o mundo que vejo ao meu redor.

Não conto para o Olly que vou para Nova York. Digo apenas que há um presente esperando por ele no sebo perto da casa dele. Passo quase todo o voo imaginando o nosso encontro. Todas as possibilidades envolvem beijos que duram pelo menos os primeiros trinta segundos.

O motorista me deixa na porta da Ye Olde Book Shoppe. Empurro as portas. Já neste momento sei que vou adorar passar um bom tempo por aqui.

A loja é pequena. Uma única sala repleta de prateleiras que vão do chão até o teto, abarrotadas de livros. O lugar é parcamente iluminado por *spots* minúsculos presos no alto de cada prateleira, de maneira que os livros são praticamente tudo que podemos ver. O ar tem um cheiro que eu jamais havia imaginado. Ele cheira a *antigo.* Como se houvesse permanecido no mesmo lugar por muito tempo.

Tenho quinze minutos até o horário combinado com Olly. Vago pelos corredores olhando, encantada, para os livros. Quero tocar todos ao mesmo tempo. Quero acrescentar o meu nome à lista de pessoas que os leram antes de mim. Passo os dedos pelas lombadas. Algumas estão tão gastas, tão usadas, que mal consigo decifrar os títulos.

Um minuto depois, eu o observo caminhar vagarosamente pelo corredor, examinando as prateleiras.

Seu cabelo cresceu. Ele agora tem grandes cachos flexíveis que suavizam o rosto anguloso. E ele também não está todo vestido de preto. Bem, o jeans e o tênis são pretos, mas a camiseta é cinza. E acho que, de alguma forma, ele está mais alto.

Mais do que qualquer outra coisa que experimentei nas últimas semanas — dar adeus para a Carla, sair de casa contra a vontade do dr. Chase, deixar minha mãe com sua própria tristeza —, vê-lo com uma aparência tão diferente é o que mais me causou pânico.

Não sei por que esperava que ele continuasse o mesmo. *Eu* não era mais a mesma.

Ele pega o celular e lê mais uma vez as minhas instruções.

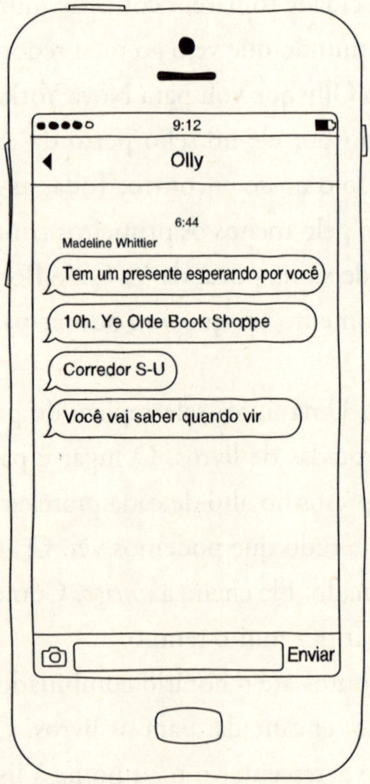

Ele faz o telefone escorregar para dentro do bolso e volta a olhar para as prateleiras. Coloquei o livro com a capa virada para cima bem na frente dos outros para que Olly não pudesse deixar de reparar nele. Ele o percebe, é claro. Só que, em vez de pegá-lo, ele coloca as mãos nos bolsos e fica olhando para a capa.

Há alguns dias, enquanto estava divagando com o sistema solar mecânico, eu me esforcei tanto para encontrar aquele momento crucial que fez com que minha vida seguisse esse rumo. O momento que respondesse à pergunta *como cheguei até aqui?*

Só que esse momento jamais existiu, mas sim uma série de outros acontecimentos. E a sua vida pode se ramificar a partir de um deles de mil maneiras diferentes. Talvez haja uma versão da vida de cada um de nós de acordo com cada escolha que fizemos e com aquelas que deixamos passar.

Talvez haja uma versão da minha vida onde, no fim das contas, eu esteja de fato doente.

Uma versão onde eu tenha morrido no Havaí.

E ainda outra em que o meu pai e o meu irmão estão vivos e a minha mãe não está devastada.

Há até mesmo uma versão da minha vida em que o Olly não está presente.

Mas não é essa a versão que eu estou vivendo agora.

Olly tira as mãos dos bolsos, puxa o livro da prateleira e lê. Ele abre um grande sorriso e ergue repetidamente os calcanhares.

Saio do meu esconderijo. Caminho pelo corredor até onde ele está.

O sorriso que ele me dá vale toda uma vida.

— Encontrei o seu livro — ele diz.

→ RECOMPENSA SE ACHADO:

- ~~Mergulho com snorkel comigo (Madeline) na ilha de Molokini, para observar o peixe oficial do Havaí: o Humuhumunukunukuapua'a.~~
- ~~Uma visita comigo (Madeline) a um sebo.~~
- Eu, Madeline.

The Little Prince

WRITTEN AND ILLUSTRATED BY

ANTOINE DE SAINT-EXUPÉRY

TRANSLATED FROM THE FRENCH

FIM

AGRADECIMENTOS

Você é realmente um leitor que leva a leitura a sério se está aqui comigo nos agradecimentos. E, como um leitor que leva os livros (e seus agradecimentos) a sério, sabe que os livros não brotam prontos das mentes de seus autores.

Primeiro, eu gostaria de agradecer à minha mãe, que sempre sonhou grande o suficiente por nós duas. Não, a Oprah ainda não me escolheu para o clube do livro dela, mãe. Mas isso pode muito bem acontecer!

Quando eu era mais nova e vivia na Jamaica, meu pai escrevia resenhas de filmes para um jornal local. Eu achava que o emprego dele (escrever) e ele (o meu pai) eram as coisas mais legais do mundo. Então, devo agradecer ao meu pai por me mostrar que a gente pode passar para o papel aquilo que está na nossa cabeça e isso pode afetar as outras pessoas.

Preciso agradecer à galera das bebidas e da escrita de quinta à noite do Emerson College. Vocês sabem quem são. Vocês, pessoal, foram a minha primeira comunidade de autores e o grupo mais talentoso, louco, solidário e quase sóbrio. Em particular, preciso agradecer à Wendy Wunder. Você é generosa, divertida e uma das melhores escritoras que eu conheço.

Obrigada à Joelle Hobeika, Sara Shandler, Natalie Sousa e Josh Bank da Alloy. Vocês tornaram o meu livro ainda melhor de todas as maneiras. Eu queria especialmente agradecer à Sara por ser a cientista louca e genial e à Joelle (que também é um gênio) por me fazer rir e me sentir bem até mesmo quando me enviavam doze páginas digitadas em espaço único, impressas em ambas as faces do papel, com anotações sobre a revisão.

E então tem a Wendy Loggia. Sério, ganhei na loteria ao ter você como a minha editora. Obrigada por sua visão, paixão e gentileza. Você acreditou neste livro desde as primeiras palavras e isso significou tudo para mim. Obrigada a você e a toda a equipe da Delacorte por tornar o meu maior, mais antigo e mais louco sonho realidade.

Por fim, ao meu marido, David Yoon. Obrigada por desenhar coisas bonitas para mim às quatro da manhã entre beijos e goles de café. Obrigada por tudo e todas as coisas. Pelo amor. Pela aventura. Pela família. Por esta vida. Eu amo você.